U0107821

居室平面设计实例

JUSHI PINGMIAN SHEJI SHILI

陈其雄

福建科学技术出版社

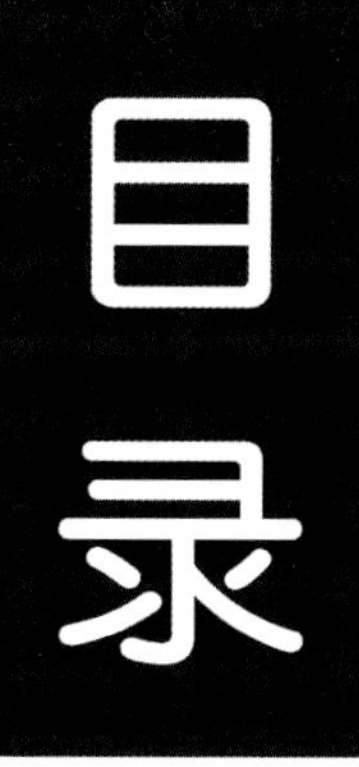

前言

一居室

二居室

三居室

四居室

多居室

错层

复式楼

别墅

前言

QIANYAN

在日常生活中，住与衣、食、行一样往往作为人们衡量生活质量的指标之一。人们不仅讲究住房的大小、装饰的风格，还讲究居住的周围环境与配套设施。满目青山绿水，处处鸟语花香，自然而无污染的环保住宅，已成为人们向往的居家目标。

在居室外环境的选择中，处处体现了人们对自然的亲近感。而对室内空间的营造，则体现以人为本的人文关怀。在家居装修设计中，居室平面布局设计起着提纲挈领的作用，它决定了居室的功能分布、空间尺度，甚至直接影响了整套居室的装修效果，因而家居的平面设计往往被称为家居装修设计的灵魂。

本书是我对近二三年来家居设计的一次小汇，以介绍家居装修中的平面设计实例为主，按居室的大小与类型分成一居室（2例）、二居室（9例）、三居室（35例）、四居室（11例）、多居室（5例）、错层居室（5例）、复式楼（8例）、别墅（4例）八大类型。对每一实例，除了附以设计前后的平面图便于读者对比阅读外，还用简短而有针对性的文字对设计进行说明，点出其中的设计意图，以便读者参考使用。如果本书对您的居室装修能提供一些有益的借鉴与启迪的话，我将感到十分荣幸。同时不足之处尚请各位同仁读者不吝赐教。

作为一名室内设计师，从业至今几年来，我一直承蒙业师吴晓刚先生的悉心指导，获益匪浅。吴先生在指导我们做家居设计时曾指出："要做好家居设计有两点不可缺少，一是要有丰富的生活经验，二是要有良好的空间想象力。"它至今仍是促使我不断自我提高的动力。在此我要对吴先生说声谢谢。本书在编写中还得到罗薇小姐的极力支持，她负责了本书平面彩图的制作，为本书增色不少，就此对她的帮助深表谢意。

陈其雄

2002年3月

一居室(一室一厅)的装修往往比多居室的装修更令人倾心，因为麻雀虽小五脏俱全。但也因为它面积小，在整个居室的布局上也与多居室不同。开放性的居室空间往往是该户型的首选，本案的设计也是这样。其设计的最大特点便是将客厅、餐厅、厨房共处在一个大的开放式空间里。在电视柜朝门入口处为立柱屏风，与鞋柜形成一个暗示门厅的空间。入口处的鞋柜区分出门厅与休闲区，休闲区的地面比客厅高出一踏步，设计成和室风格。厨房采用开放式设计，并在与客厅相连处设计成吧台式就餐桌，可谓一举两得。

家庭户型：单身贵族
建筑面积：42m²
预算造价：4.5 万元
材料选用：柚木实木地板，玻化砖，ICI 乳胶漆，艺术壁纸，白色聚氨酯漆，奥维整体厨具

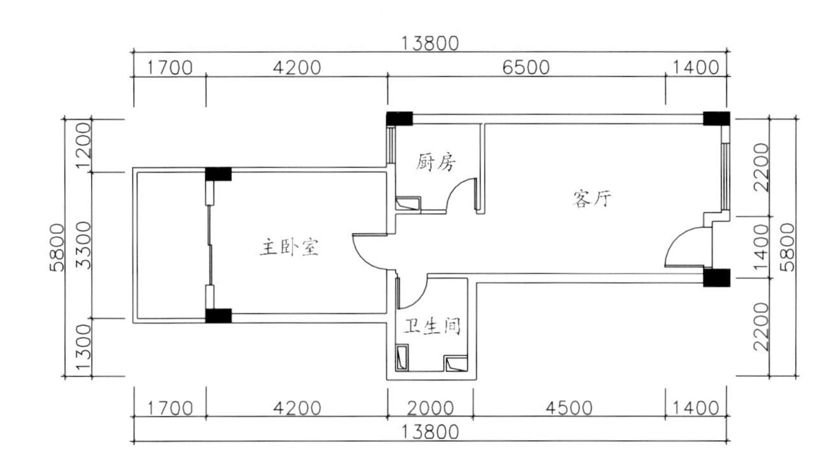

原平面图

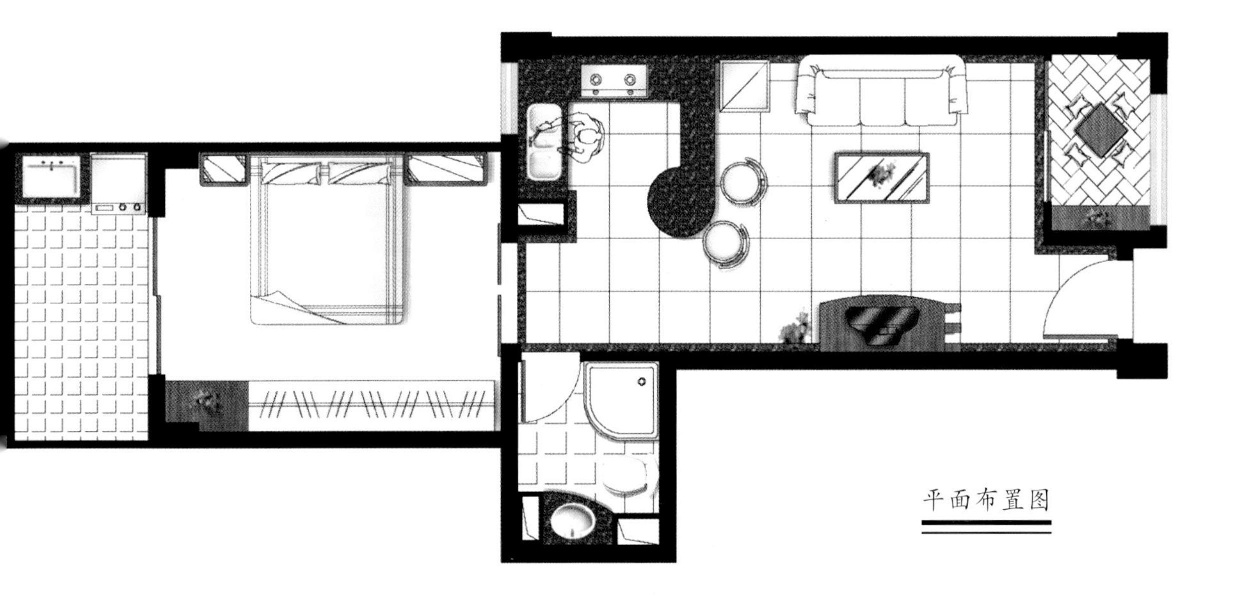

平面布置图

家庭户型：两口之家
建筑面积：56m²
预算造价：3.1 万元
材料选用：复合木地板，玻化砖，海峡牌乳胶漆，外墙瓷砖，白色聚氨酯漆，水晶板柜门，山西黑花岗石

长条形的居室其功能必然是一字排开的。本案作为一居室的常见房型，充分利用空间是其出发点，同时还要考虑采光问题。设计师将原餐厅改造成书房，把卫生间的门改由过道处开并把地面抬高，设计成和式书房，采用双向推拉门，需要时可全部打开、闭合，还可兼做临时客房用。客厅则兼具视听、会客、就餐等多项功能。将厨房门改为推拉门，增加光线和视线感受，餐桌摆在角落，平时二人就餐，客人来再拉出。书房靠入口处为鞋柜，上可摆放工艺品。这样充分利用空间，让居室紧凑却不局促

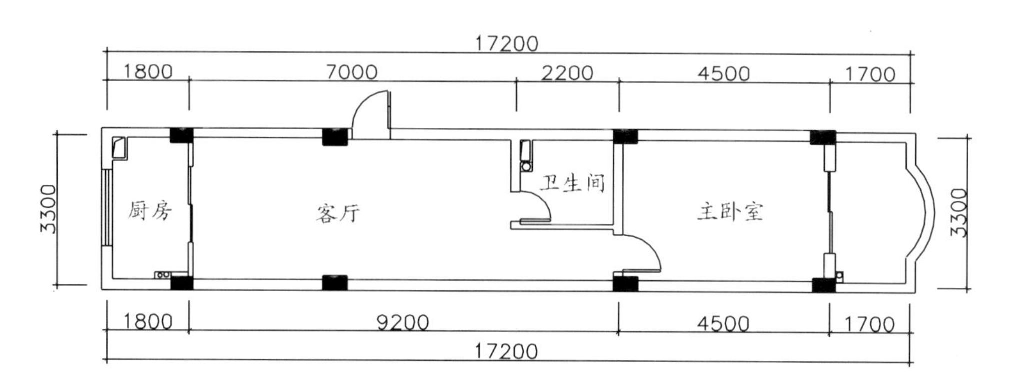

原平面图

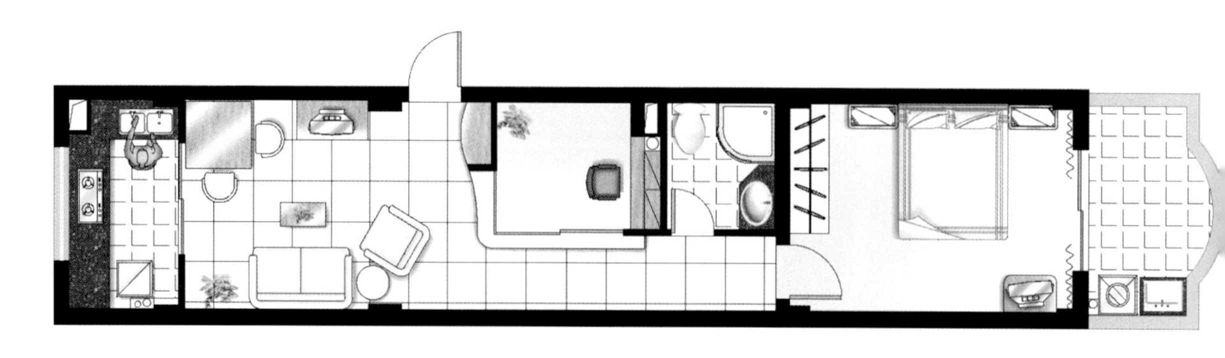

平面布置图

这是一套建造时间较早的房子，顶楼通风，采光极好，但结系承重墙框架，整个建筑的墙体、管道都不能动。因此设计师能在因地制宜中完善业主对空间的需求。将卧区的门集中在起，通过一个小过厅，让起居室与休息区分离开来。原来卧室宽大，因而在主卧室里增设一个更衣室，将全部的衣物集中来，减少卧室的橱柜，便于提高空间利用率。而次卧室则考虑小孩房的分隔，原来客厅通往卧室的门则改造为小孩房采光通风用的窗户。而厨、卫的装修则体现在墙面、地面瓷砖色彩变化上。厨房和餐厅合在一起，提高了空间的利用率。

家庭户型：五口之家
建筑面积：$78m^2$
预算造价：4.5 万元
材料选用：杉木地板，玻化砖，CAC 乳胶漆，蓝色瓷砖，白色聚氨酯漆，防火板，黑色花岗岩

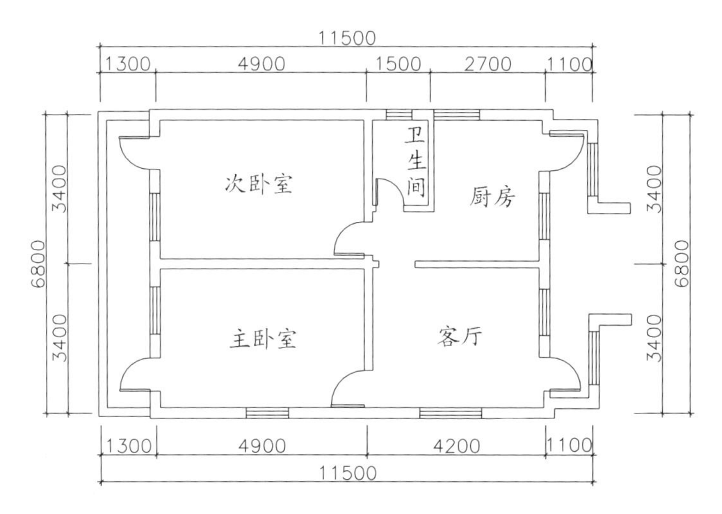

原平面图

平面布置图

二居室

旧居讲究功能改造

家庭户型：三口之家
建筑面积：68m²
预算造价：4.5 万元
材料选用：玻化砖，榉木，艺术墙砖，石榴红花岗石，榉木地板，海峡牌乳胶漆

和其他的新居装修不一样，旧房、老房的改造和翻修，存在
更多的问题。如原来的结构不适应现在的生活需要，厅小，又常
客厅、餐厅合二为一；卫生间往往只有 1~2m²。本案的结构为半框
承重墙结构，墙体仅允许部分拆除。在征得原建筑设计单位的论
许可后，我们在其指导下，对原结构进行一些调整，使之满足现
业主的要求。首先是卫生间的改造，原卫生间改蹲便器为坐便器
并保留淋浴功能，在靠厅部分加筑一个洗手间，这样既满足了主
对卫浴的要求，又符合干湿分区的新卫浴观念。将朝南与厅相连
卧室墙体拆除，改卧室为客厅，原客厅改为餐厅，这样客厅、餐厅
面积既扩大了又相对独立，通过餐厅吧台与客厅电视的相连，使
间在家具和谐的过渡中产生流动的感觉。正对入口处的卧室门
由客厅进，增加了居室的私密性。阳台纳入主卧室，又保留一角
晒衣服用，原阳台部分作为主卧室内的读书区。整个居室的改造
调以功能齐全、经济实用为主。

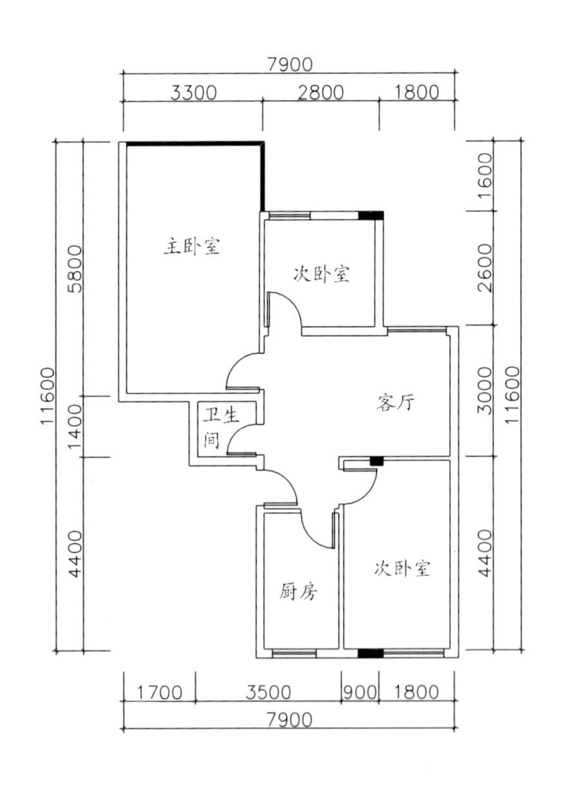

原平面图

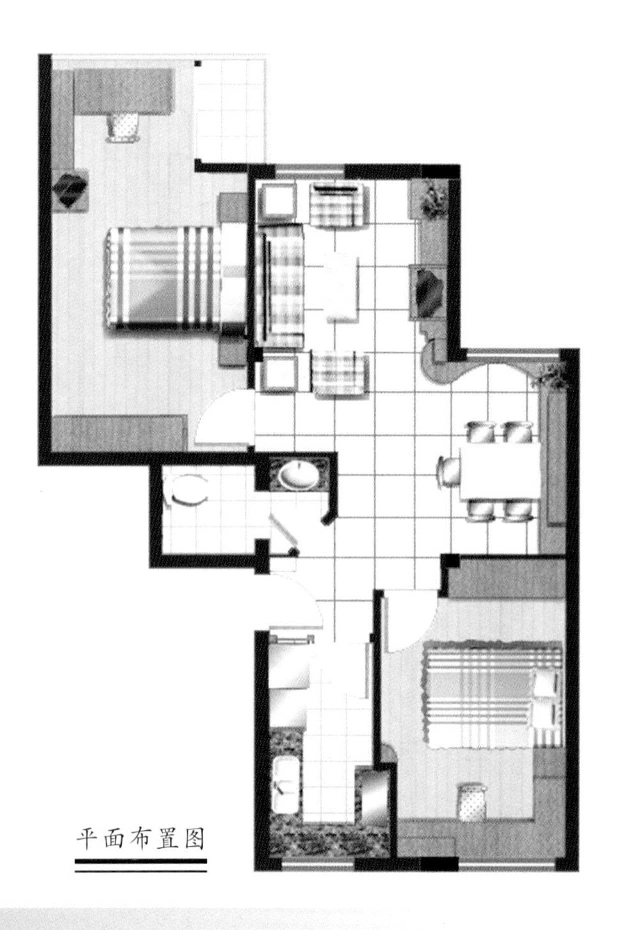

平面布置图

要在居室中增加一个单元的使用功能区间并不容易。但本案中设计师还是较好地完成了对一个书房的建构。如入口玄关区设计，设计师将立柱与墙之间设计成玄关台，柜身为鞋柜，上方可放置鲜花或工艺品，入户的动线也因此而改变。餐厅改在玄关的背后，在原餐厅与次卧室之间，腾挪出一个四方的空间，建造独立的书房。书房与次卧室的墙面开一个可采光的固定窗，书房朝餐厅为双开推拉门，与卧室通道的墙上则为推拉窗，供采光通风用。这样，一个功能完善的居室便成形了。

家庭户型：三口之家
建筑面积：91m²
预算造价：6.3 万元
材料选用：复合木地板，ICI 乳胶漆，白色瓷砖，榉木饰面，聚氨酯漆，防火板

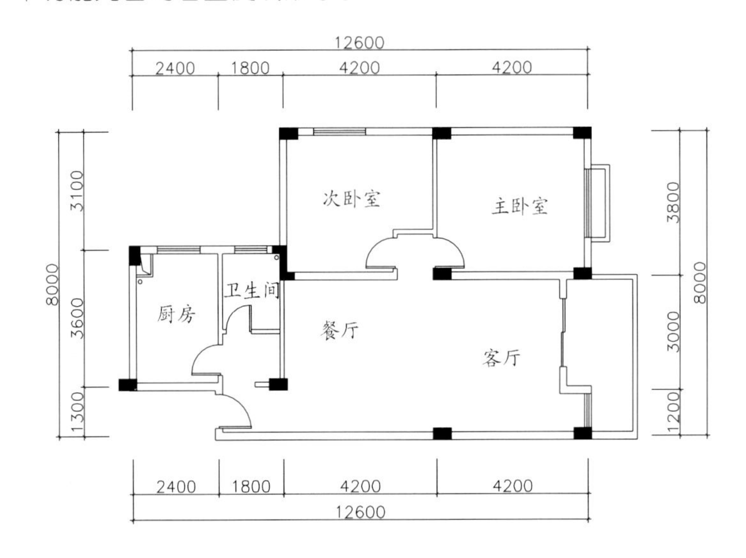

原平面图

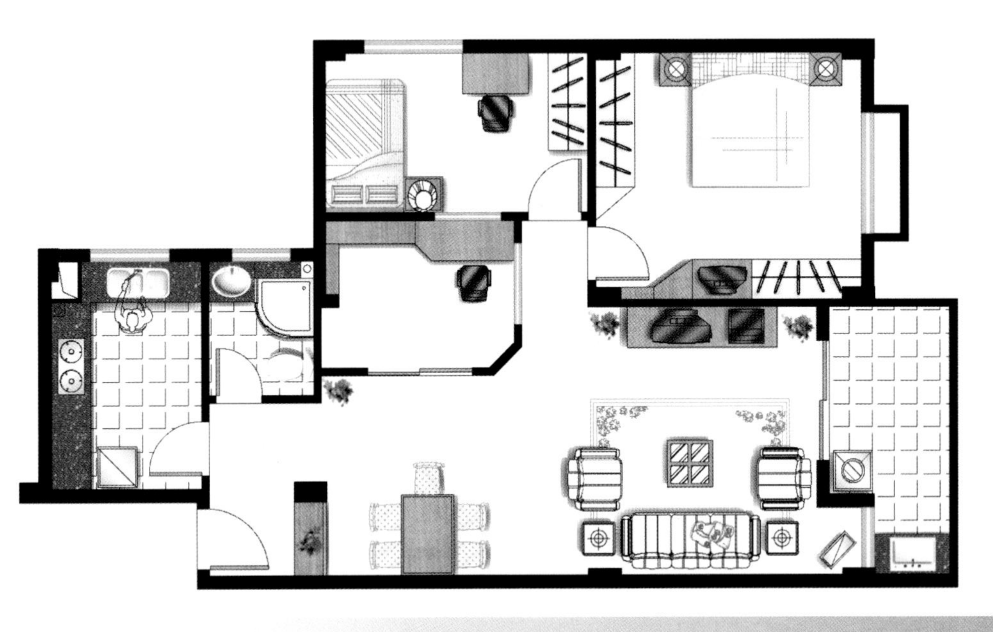
平面布置图

二居室 实用型的居室

家庭户型:三口之家
建筑面积:$85m^2$
预算造价:5.3 万元
材料选用:柚木纹复合木地板,玻化砖,海峡牌乳胶漆,艺术瓷砖,枫木,聚氨酯漆,仿木纹吸塑板,山西黑花岗石

本案的装修要求以实用为主，强调功能的完整及整体风格的简洁。原建筑格局基本保持不变,将客厅的阳台封闭起来做一间独立的小书房，并放置一张坐卧两用的沙发，必要时还可兼客房之用。在厨房与书房之间的墙上靠着餐桌,客厅的电视柜墙面延伸到门厅,形成一个小玄关模样,这样墙面也不至于太小,进门处左边为鞋柜兼备餐橱。在两个卧室之间为一排衣橱。整套居室没有繁杂的东西,简简单单才是真。

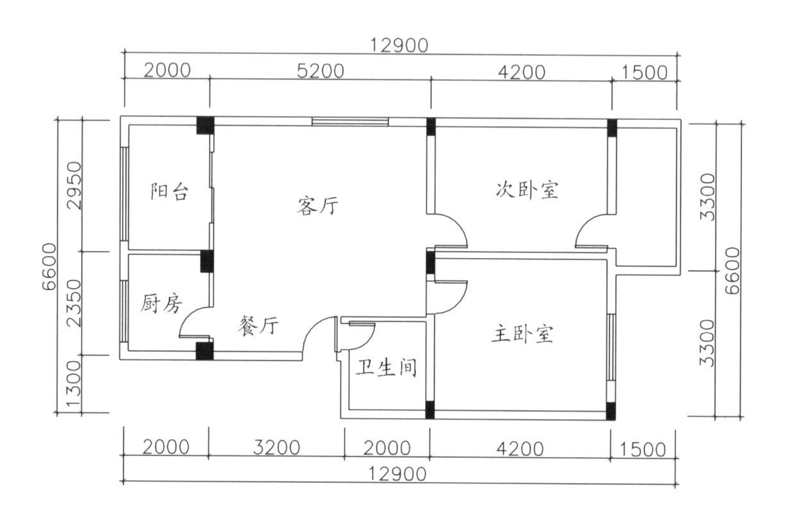

原平面图

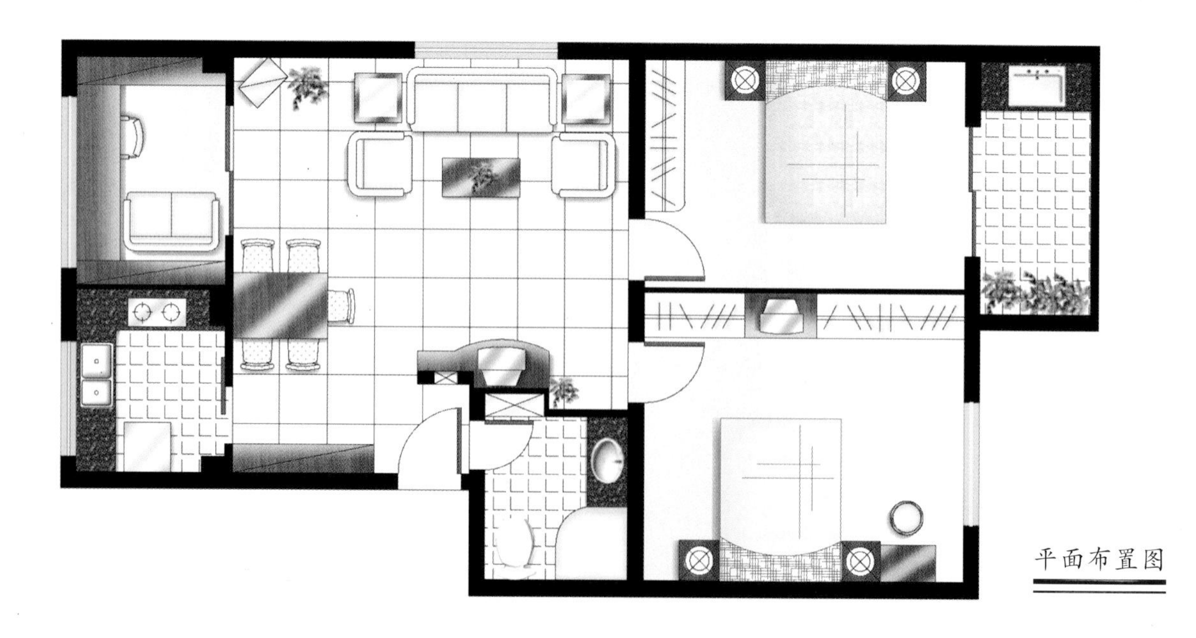

平面布置图

对于面积为 90 平方米左右的房子来说，只有二居室显然让业
比较难以接受，业主要求应多出一个卧室。本案的客厅较长，将
隔出一个卧室是常见的办法。餐厅较小，采光也不很理想，因此
善增加卧室后客厅、餐厅的采光就显得十分重要。将厨房的门改
客厅开，并在与餐厅相隔的墙面上用磨砂玻璃进行引光。在餐厅
卫生间的墙上用玻璃砖，让卫生间达到采光的效果。原入户门做
柜，鞋柜后为入室门。客厅与隔出卧室的墙面上，采用木质推拉
，平时可打开，这样采光和通风都能达到良好的效果。原入卧室
门则改由两边开，给客厅一个完整的墙面。

家庭户型:四口之家
建筑面积:92m²
预算造价:5.2 万元
材料选用: 枫木实木地板，玻
化砖，海峡牌乳胶漆，暗花艺
术面砖，枫木饰面，聚氨酯漆，
蒙古黑花岗石，蓝色防火板

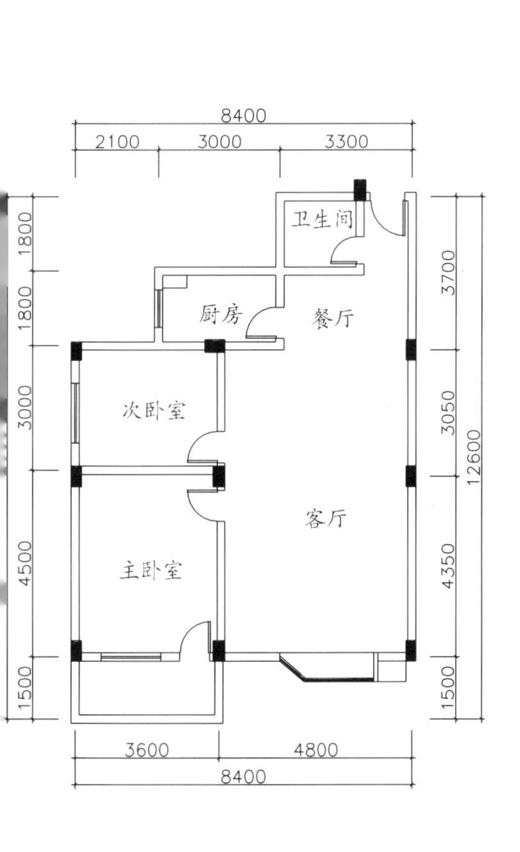

原平面图

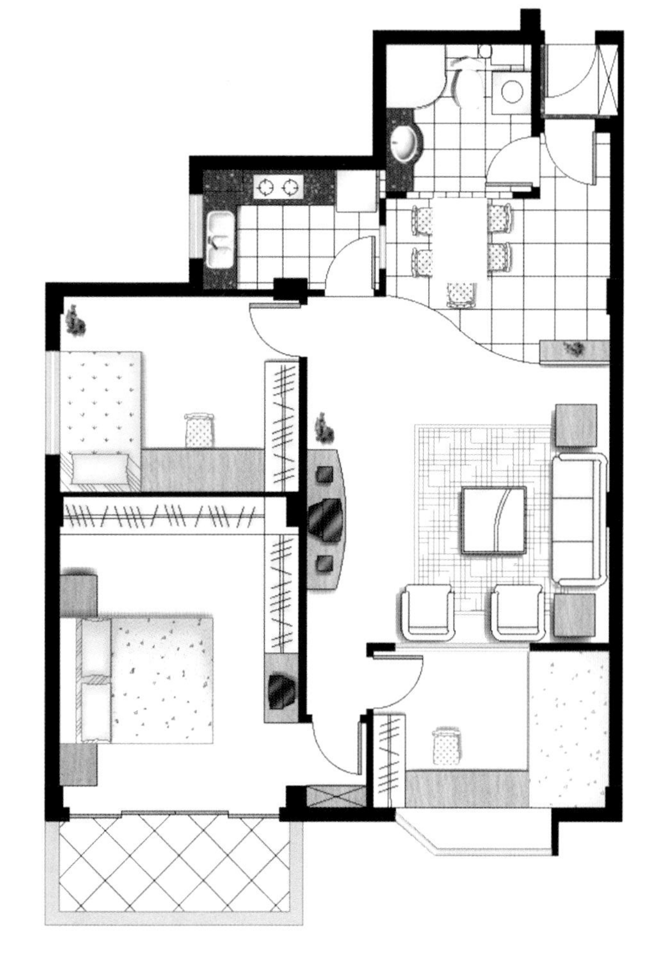

平面布置图

二居室 *敞开式的空间*

家庭户型:三口之家
建筑面积:106m²
预算造价:9.6 万元
材料选用:芸香木实木地板,立邦漆,艺术瓷砖,白胡桃木,聚氨酯漆,奥维整体厨具

本案的建筑格局以宽敞为主，因此设计师在进行室内计时保留了该特点。不同之处在于给业主增加了一个书房：将原厨房改在朝北阳台,则原厨房变成了一个独立的书房,往餐厅扩出,形成一个 45°的交角,同时还能兼作客房。餐厅客厅保持原有的敞开式,在正对门入口处设计玄关,玄关取个圆形,地面大理石拼花与吊顶造型改为圆形,卫生间的门由餐厅方向开。

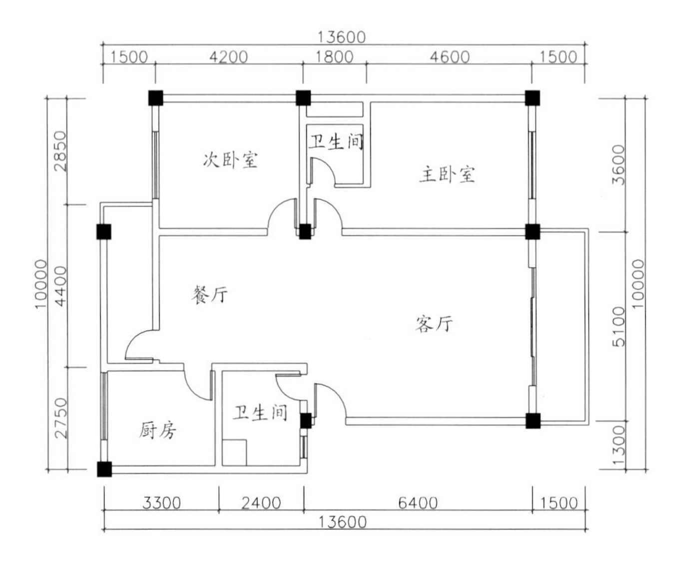

原平面图

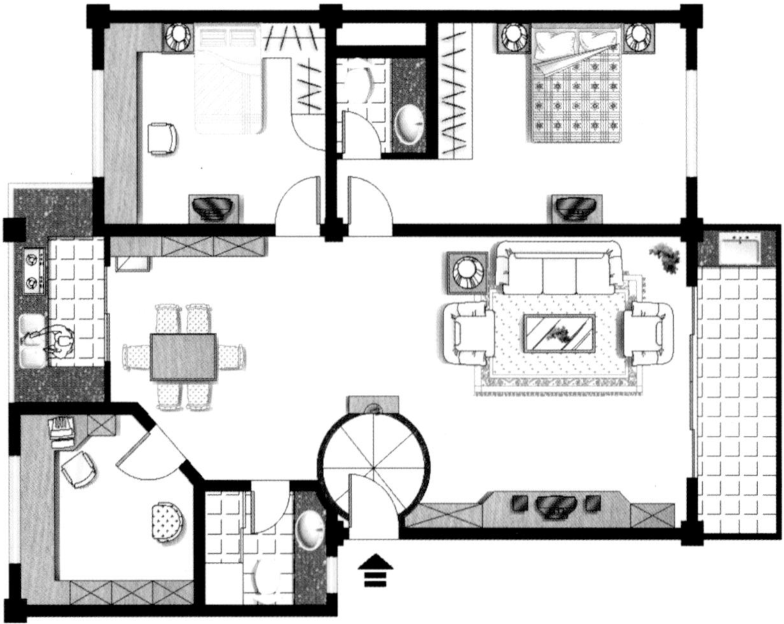

平面布置图

本案的原建筑布局在卧室的安排上处理得较好，而客厅方则显得有些局促。设计师将次卧室的墙角“挖”去，改成 45°的角，并使用推拉门，这样客厅无形中变大了，同时也给居室增美感。餐厅与客厅完全相通，地面也同样铺满玻化砖。原厨房分留出一个小的阳台作为洗衣间。厨房与客厅之间为隐藏式拉门，做饭时可将门关上，以免油烟充满整个居室，平常可将拉门全部推入墙内，这种开放式的厨房设计，让客厅显得更些。

家庭户型：三口之家

建筑面积：96m²

预算造价：7.9 万元

材料选用：柚木实木地板，玻化砖，ICI 乳胶漆，艺术面砖，细木工板，白色聚氨酯漆，山西黑花岗石

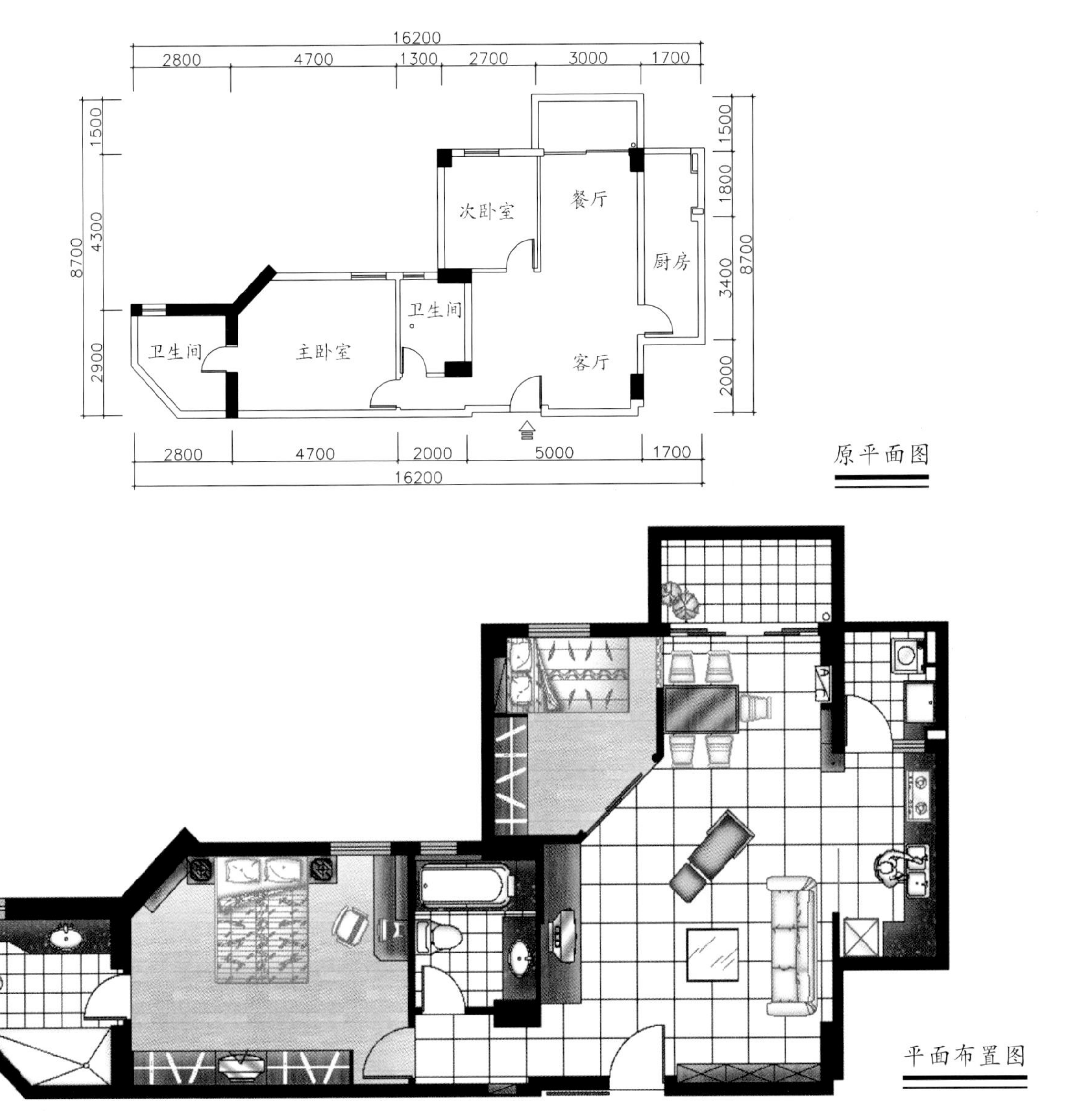

原平面图

平面布置图

二居室 *结构立柱的美感*

家庭户型:三口之家
建筑面积:$90.2m^2$
预算造价:6.8 万元
材料选用:榉木纹复合木地板,ICI乳胶漆,艺术瓷砖,白榉木,本色亚光聚氨酯漆,山西黑花岗石,白木纹吸塑柜门

结构立柱的裸露,对大部分业主来说是难以接受的,究原因主要来自对结构本身具有的美感缺乏一种认识,其实裸的结构柱只要稍加装饰便可获得意想不到的效果,本案就是样。本案的布局是将原来的厨房移到阳台,原来厨房则设计餐厅。设计师将暴露的立柱涂成鲜艳的橙黄色,上面悬挂着人收藏的贵州紫木艺术面裸,很有品位。在客厅靠窗处设计个半敞开式的书房,沿窗部分是一排与窗台齐高的矮书柜,房与客厅之间用木榻栅,中间嵌以磨砂玻璃作为隔断,这样玲珑剔透又不影响采光。次卧室留一个通道,让卧室的门都中到一起,形成动静分区。

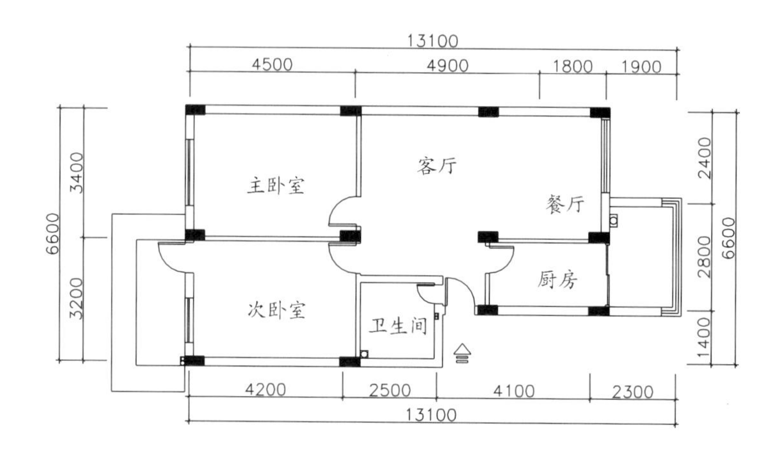

原平面图

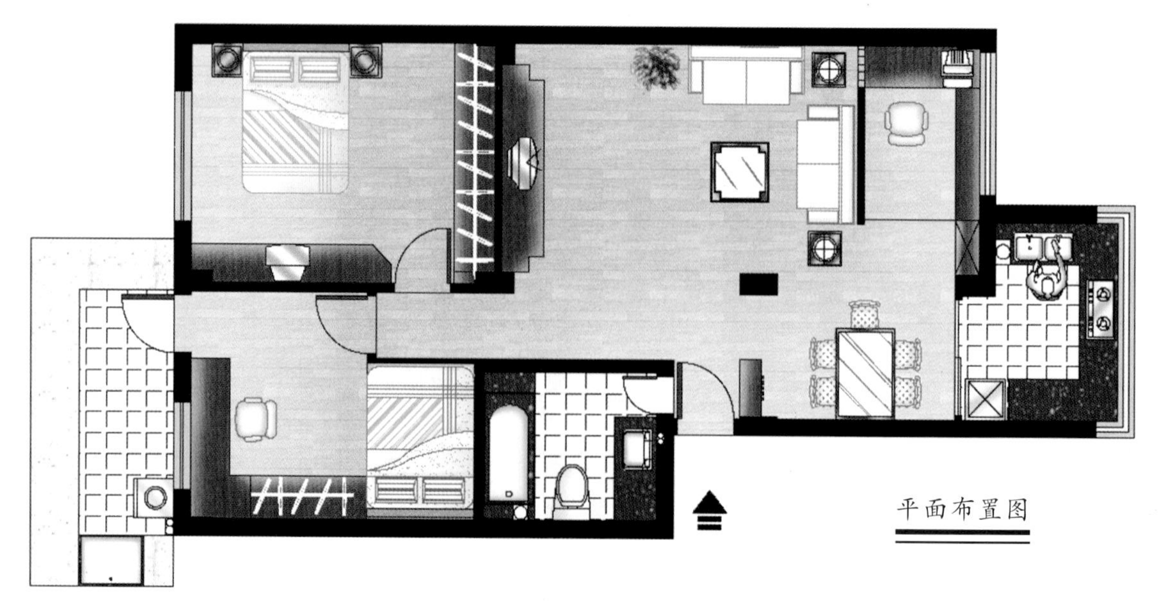

平面布置图

本案的户型有些与众不同，布局也十分明了，因此讲究细致的功能便是对设计师的要求了。入口门正对处为鞋柜式端景台，上挂一幅小画。厨房采用入墙式推拉门，平时打开，餐厅便感觉宽敞一些。卫生间也采用入墙式推拉门，以节省空间。在客厅与主卧室之间的墙上做一个景观台，台上方为玻璃砖隔墙，增加采光和装饰效果。在并不十分宽敞的客厅里，摆上两个不同颜色的单人与三人沙发，以添加居室的情趣。

家庭户型：三口之家
建筑面积：86m²
预算造价：5.3 万元
材料选用：榉木纹复合木地板，玻化砖，ICI 乳胶漆，艺术瓷砖，榉木饰面，聚氨酯漆

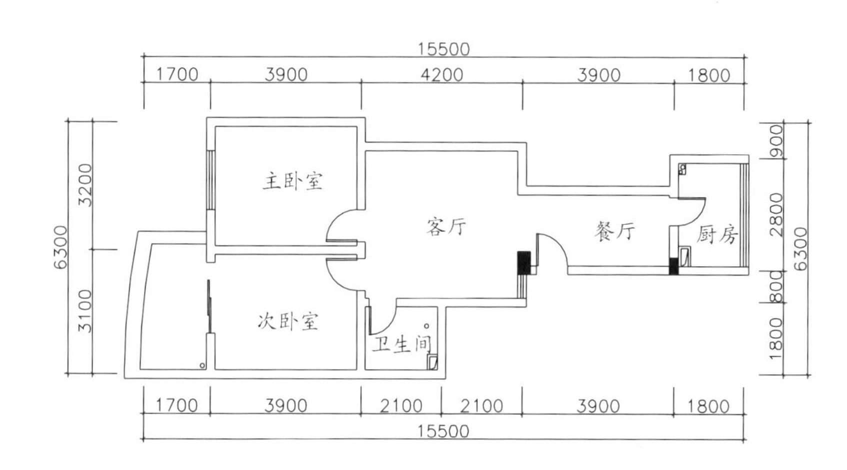

原平面图

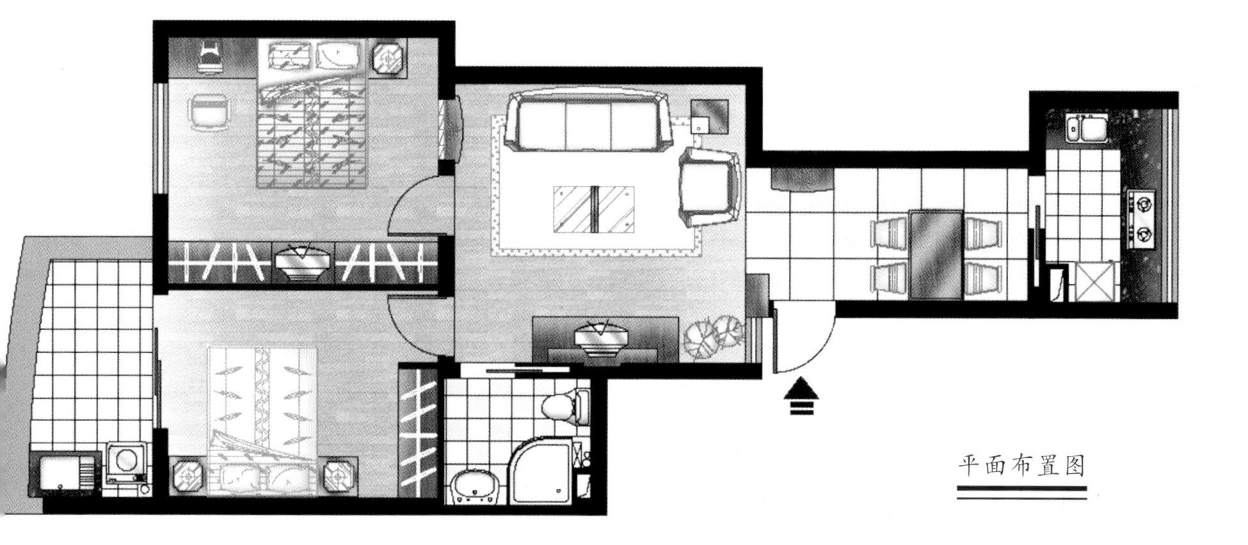

平面布置图

三居室 *安静的读书空间*

家庭户型:三口之家
建筑面积:96m²
预算造价:5.3 万元
材料选用:复合金刚木地板,玻化砖,海峡牌乳胶漆,外墙艺术瓷砖,红榉木,聚氨酯漆,石榴红花岗石,防火板,鹰牌三洁具

本案原建筑结构的卫生间设计很不理想,客厅的门也比较多,缺乏安定感;同时业主要求有一个比较安静的书房,供读书写作用。因而设计的第一步是改造客厅的卫生间,将该卫生间延伸到客厅一个门的位置,卫生间与客厅之间的交角部分便成了一个储藏间。接着拆除餐厅的门,使之成为开放式餐厅。原与餐厅相连的小孩房改为书房,将相连的阳台纳入书房内,靠窗部分作为写字台,书房门由餐厅进,原小孩房门设计成弧形电视墙,这样书房便完全从居室中独立出来,成为十分理想的读书空间。主卧卫生间的门正对着床,十分不雅,设计师便将该门改在主卧室入口门旁,既方便又美观。

原平面图

平面布置图

如何让本案厨房和餐厅的关系变得轻松些，让餐厅兼含入室道的功能隐蔽些，是本案设计的一个难题。似乎没有将厨房与厅合二为一的方案更合理、动线更从容。入口门正对处为屏风玄关，上部为玻璃砖装饰面，下部矮柜兼起鞋柜的作用，避免入门直对厨房。卫生间门由客厅处开改为餐厅处开，给客厅一个整的视听空间，同时卫生间往客厅移出，扩大了使用面积。餐厅客厅之间为塑钢推拉门，避免做饭时油烟味充满整个居室。这，一个开放式的餐厨空间就形成了。

家庭户型：五口之家

建筑面积：105m^2

预算造价：7.8 万元

材料选用：复合金刚木地板，玻化砖，ICI 乳胶漆，艺术瓷砖，白胡桃木，聚氨酯漆，绿钻花岗石，水晶板，钻石三洁具

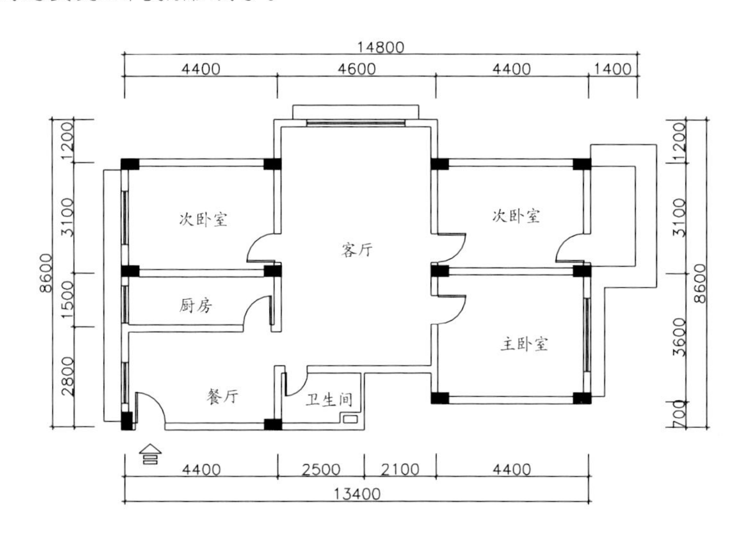

原平面图

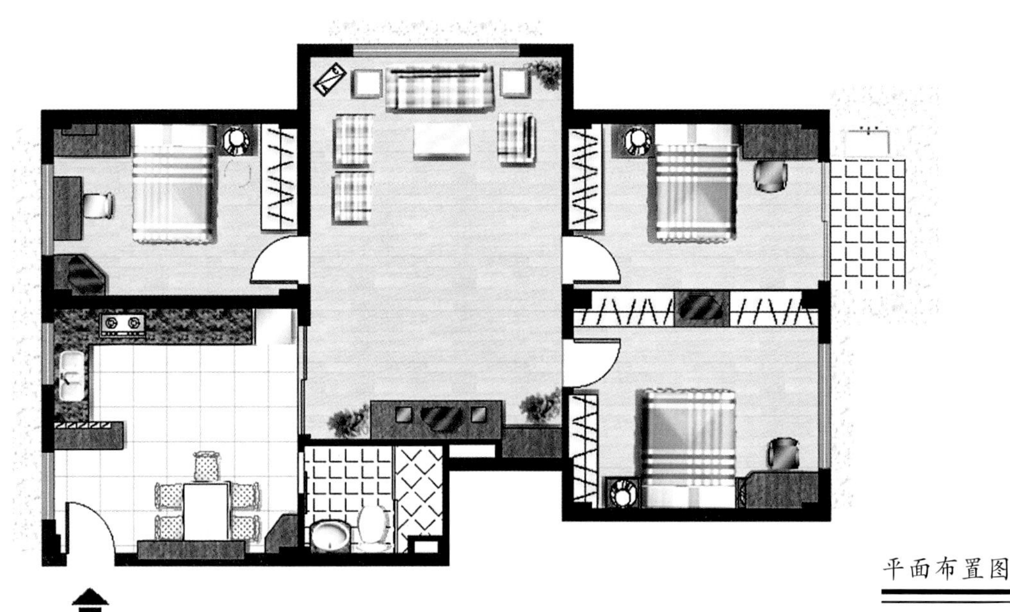

平面布置图

三居室 *改善客厅的格局*

家庭户型：五口之家
建筑面积：108m²
预算造价：7.2 万元
材料选用：樱桃木地板，玻化砖，瓷砖，CAC 乳胶漆，红榉木，聚氨酯漆，美标三洁具

本案的原建筑设计中，客厅狭长，电视机的摆向难度很大，摆放在靠卫生间方向，沙发难以放置；若靠朝北卧室摆放，则间太短。而且卧室门都朝着客厅开，厅也因此变得零乱且不完整。此，本案的设计重点是如何将客厅改造得完整和大气。首先是客厅南北两面的隔墙分别向两边腾挪，保持了客厅作为居室中所具备的完整性，使居室的稳定因素顿时增强。同时将一部分台纳入厅内，朝南卧室的门则改阳台进入，朝北卧室的门由餐进入，避免了客厅多门的缺陷，强了客厅作为家庭中心的向心作用。朝南阳台的一部分“包”入卧室，是加居室功能性的一个很好的做法。台形成一个单独的工作和休息的域，可谓一举多得。

原平面图

平面布置图

将电视柜设计得生动一些，是本案业主反复强调的。居室的局没有什么改变，因而希望在客厅的效果处理上有所改观。设师将客厅电视柜墙体轻轻一扬，居室便发生了质的变化。主题的扬起，延伸至门厅，设计师利用它成为景观式的鞋柜，一举数。书房的门改为朝客厅开的推拉门，保持了餐厅的完整与宽松。视柜则设计成悬挑式，二层厚板下方散放着大小颜色不一的鹅石，多了一处人文的景致。主题墙与客厅卫生间之间的交角，在生间内便成了一处景观，上面摆放的绿色植物，让人觉得上卫间也是件轻松的事情。

家庭户型：三口之家
建筑面积：96m²
预算造价：7.8 万元
材料选用：复合金刚木地板，ICI 乳胶漆，艺术面砖，榉木，聚氨酯漆，绿钻花岗石，防火板，TOTO 三洁具

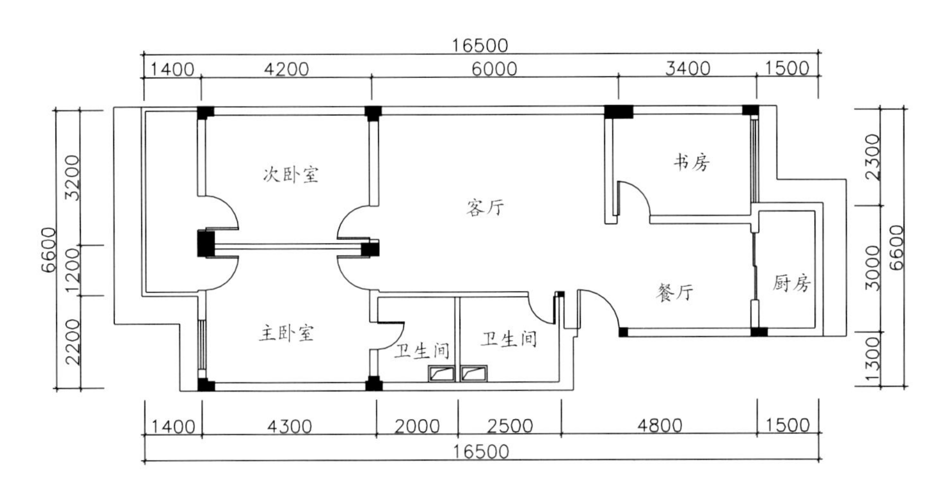

原平面图

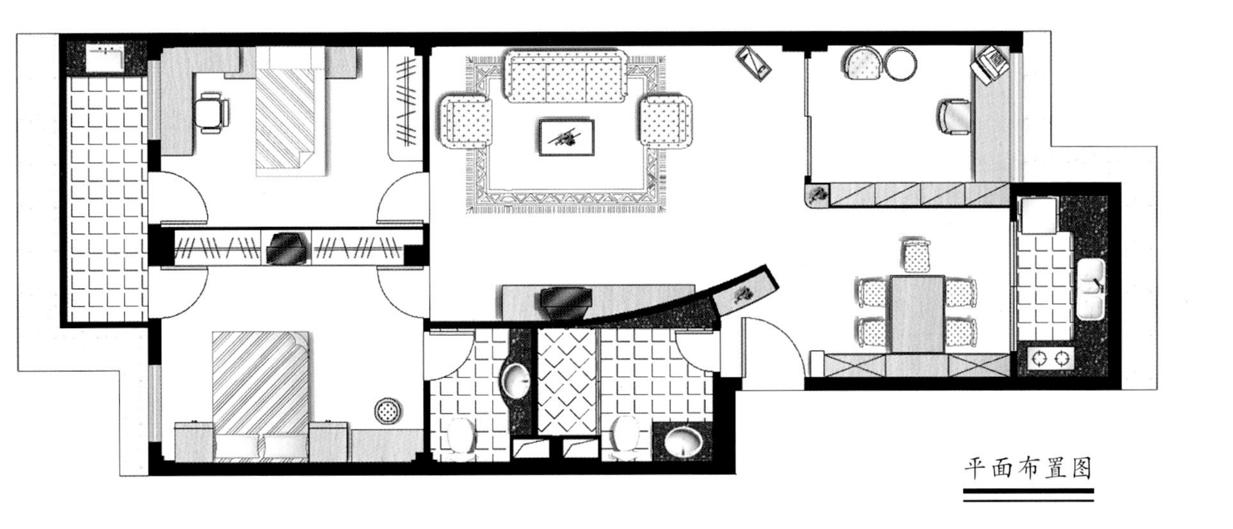

平面布置图

家庭户型：五口之家
建筑面积：140m²
预算造价：12.3 万元
材料选用：枫木实木地板，香槟色玻化砖，ICI 乳胶漆，艺术瓷砖，白榉木，聚氨酯漆，绿钻花岗石，防火板，美标洁具

像本案这样强调室内与室外之间紧密联系的房型并不多
本案最大的特点在于阳台多，每间卧室都带有独立的阳台，客
也有一个大阳台，这样人与室外接触的机会就多了，主人可以
闲地享受午后的阳光。厨房太小，便往餐厅扩出，正对入户门交
处形成一个小储藏室。将客厅电视墙延伸，在餐厅处便形成一
玄关。由于客厅比较方正，电视柜设计成可移动式，随心情可随
进行调整，以产生焕然一新的效果。同时也将客卫的墙体延伸，
挡住卧室的门，让活动区与休息区分区更加明确。

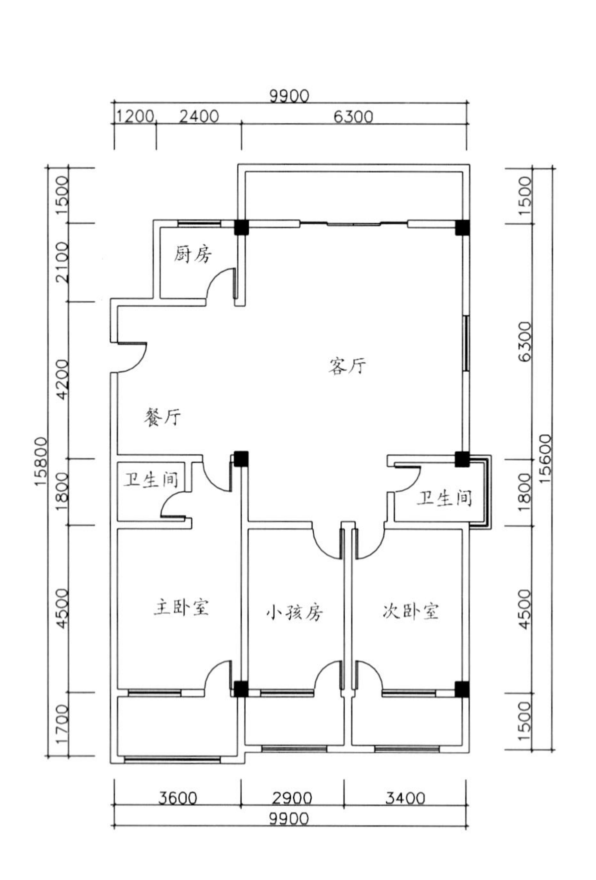

原平面图

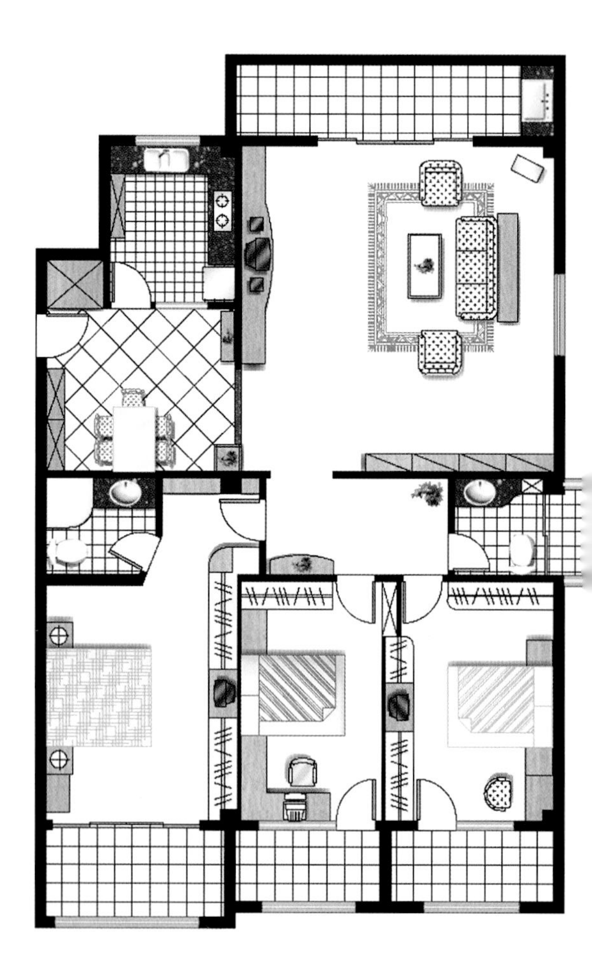

平面布置图

三居室的住房对三口之家来说是最适合的了,人们往往会拿一个房间来做书房。本案的书房就是一个颇有特色的书房。将书房的门改由靠厨房处开,并沿着立柱砌一面墙,朝书房部分到顶的敞开式的大书橱。书房为推拉门,朝餐厅部分为整齐的体,上贴白色外墙砖,并配上一幅李永新的油画。书房与客厅部的墙打出一个窗的位置做推拉窗,推拉窗在必要时可全部推入边,钢琴则靠在窗前,这样在书房上网还可聆听优雅的琴声。在口门正对处为白色大木格子,从地面直到天花板,站在门口看内,若明若隐,平添了几分神秘感。

家庭户型:三口之家
建筑面积:103m²
预算造价:6.5 万元
材料选用:金不换木地板,玻化砖,海峡牌乳胶漆,外墙瓷砖,黑胡桃木,聚氨酯漆,防火板,山西黑花岗石,科勒三洁具

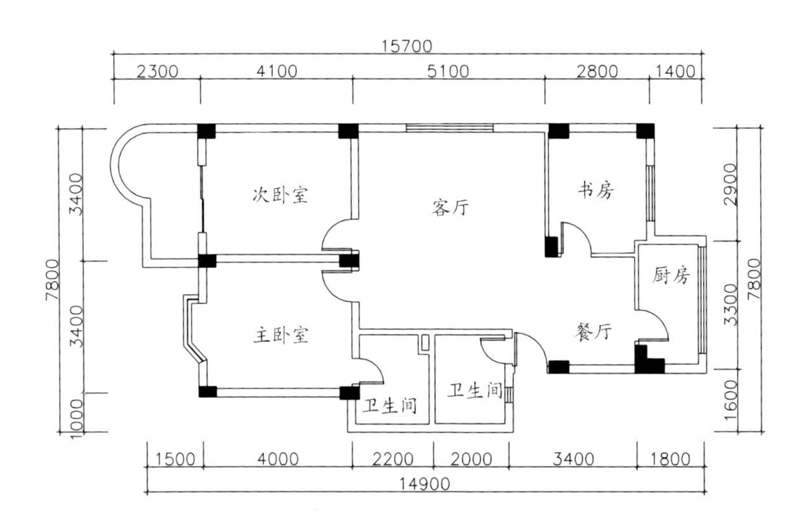

原平面图

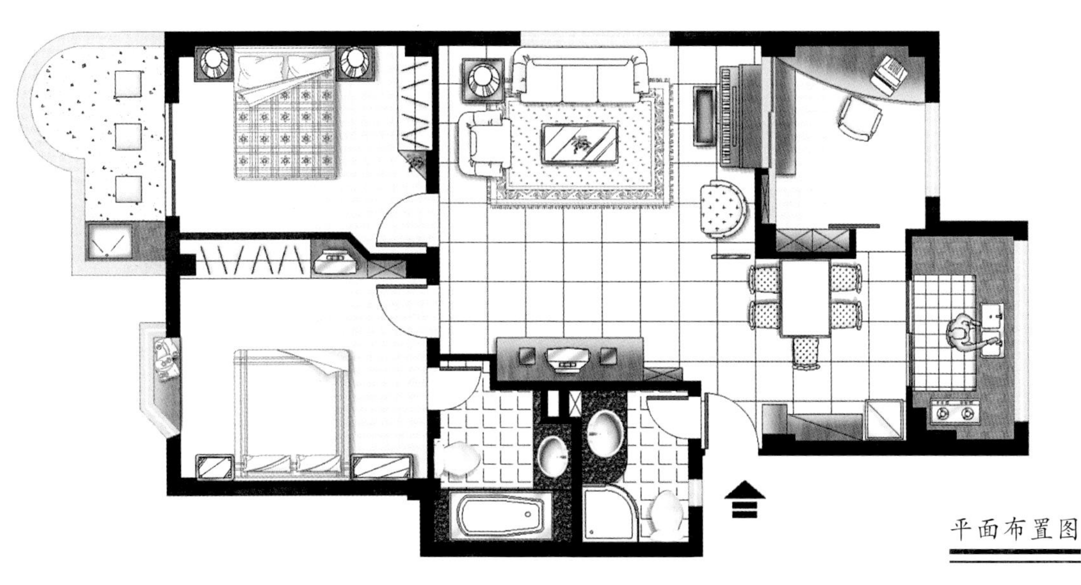

平面布置图

家庭户型:三口之家

建筑面积:120m^2

预算造价:9.2 万元

材料选用:LG 活豹金刚板,玻化砖,史宾莎乳胶漆,罗马艺术瓷砖,红榉木,聚氨酯漆,TOTO 洁具

功能结构的合理性与整体格调的美观，总是紧密联系在一的。本案在设计中有两处大的改动:一是将厨房移至朝北阳台,大了就餐区的面积,并将餐厅与客厅之间的墙拆除,扩大了客厅餐厅的视野和使用空间，使动线更加合理；二是主卧室位置的化,由靠入口的房间改为靠餐厅的卧室,并将中间公用的卫生间为主卧室卫生间,活动区变为衣帽间,以避免卧室内橱柜过多,且节省造价。主卫的拉伸也让客厅的电视柜更加大气。在靠入口则以三根实木小方柱作为“屏风”,形成一个小门厅的感觉;而与口门斜线相对的墙面做成圆弧形，同样用四根小方柱来增加居的浪漫情调,立柱在灯光下的光影变化如同生活一样丰富多彩。白一色的墙面与顶,由此也有了更多简洁以外的内涵。

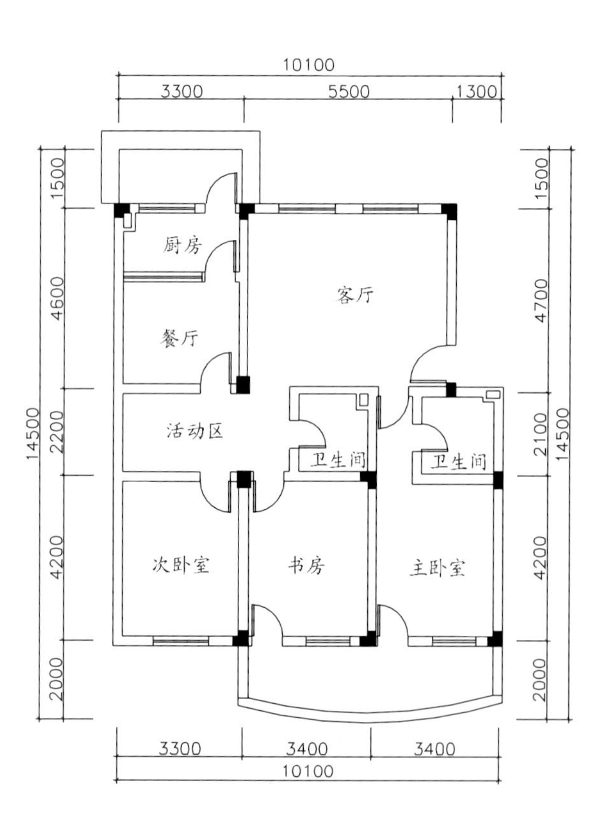

原平面图

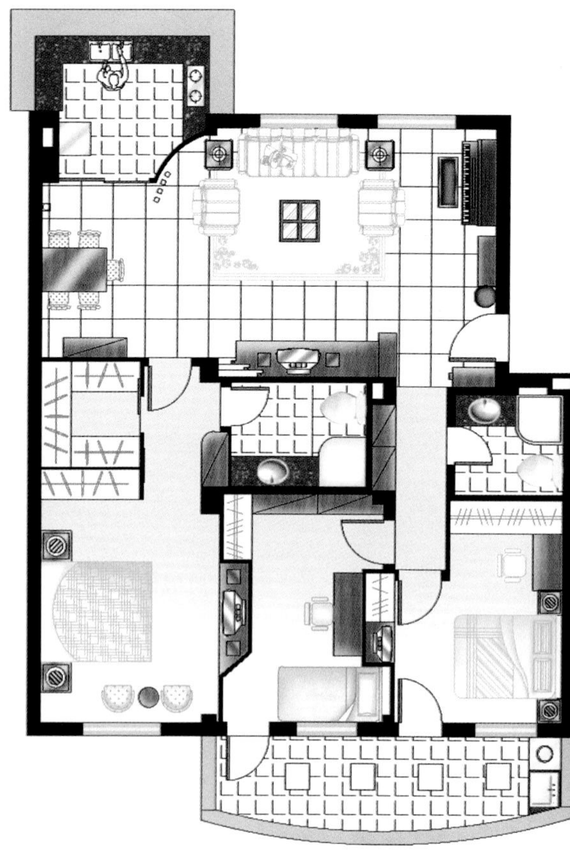

平面布置图

和许多居室一样，本案的客厅也处在过道上。主卧室门正对入门，十分不雅，建筑结构也不很符合业主的居室情况。因此在布上，设计师要做的便是对客厅的处理：首先将客厅处理成圆形，保证客厅的通道功能，并随形造出几处景观。客厅与餐厅处用弧吧台相隔，沙发背景也呈圆弧形，与厨房交角处为与沙发背齐平平台，上面可以摆放鲜花。电视柜背景也是圆弧形的延伸，在入门与主卧门之间设立玄关，以遮挡视线，增加居室的私密性。主室的卫生间改由过道开，保持了卧室的完整性。客厅的吊顶也呈形，以营造整个居室的和谐气氛。

家庭户型：四口之家
建筑面积：$108m^2$
预算造价：7.9 万元
材料选用：复合金刚木地板，ICI乳胶漆，外墙艺术瓷砖，黑胡桃木，聚氨酯漆，蒙古黑花岗石，水晶板，TOTO 三洁具

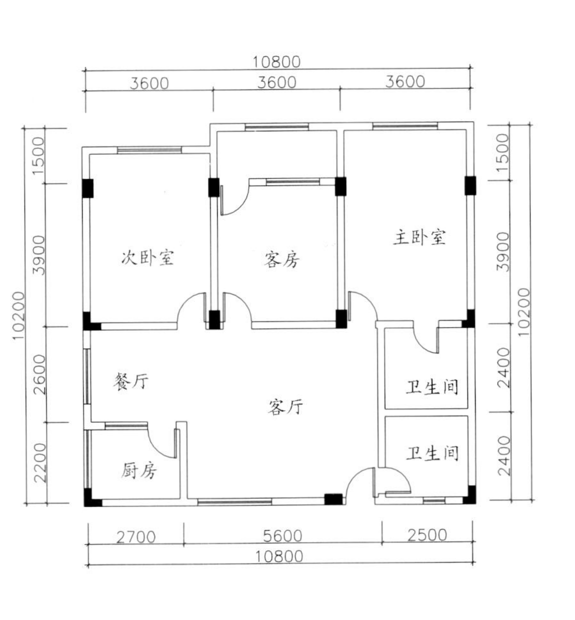

原平面图

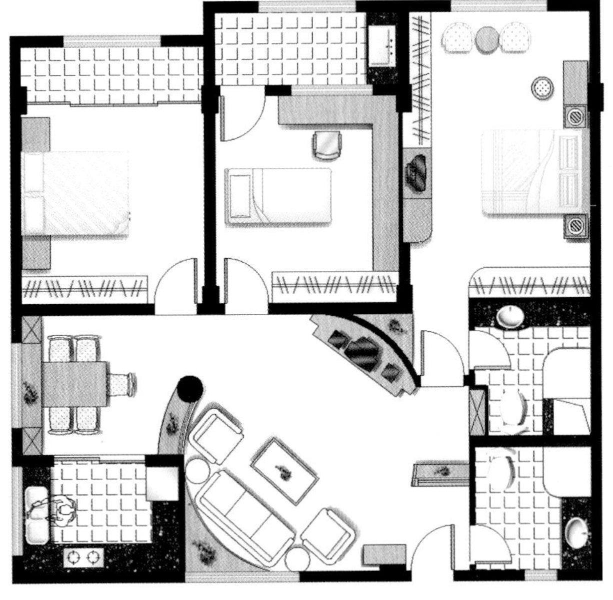

平面布置图

三居室 *居室的储藏空间*

现在的楼房设计，往往对居室的储藏空间考虑不周，造成与人们日益增加的储藏需求不相协调。本案的业主就要求室内要有足够量的橱柜及储藏空间。设计师将客厅的电视柜沿厨房墙面展开，在转角处设计一个三角形的端景台，可摆放鲜花或工艺品，以呼唤人们对美的追求与关爱。在餐厅做一排备餐柜，以充分利用空间，又使立柱不显突兀。对客厅卫生间进行干湿分离的设计，并增加洗衣机的位置；在次卧室与客厅之间增加两个小储藏间。靠客厅处摆放主人钟爱的钢琴，增添了居室的浪漫气氛。

家庭户型：五口之家
建筑面积：132m²
预算造价：10.6 万元
材料选用：芸香木地板，玻
砖，海峡牌乳胶漆，白胡桃木
聚氨酯漆，防火板

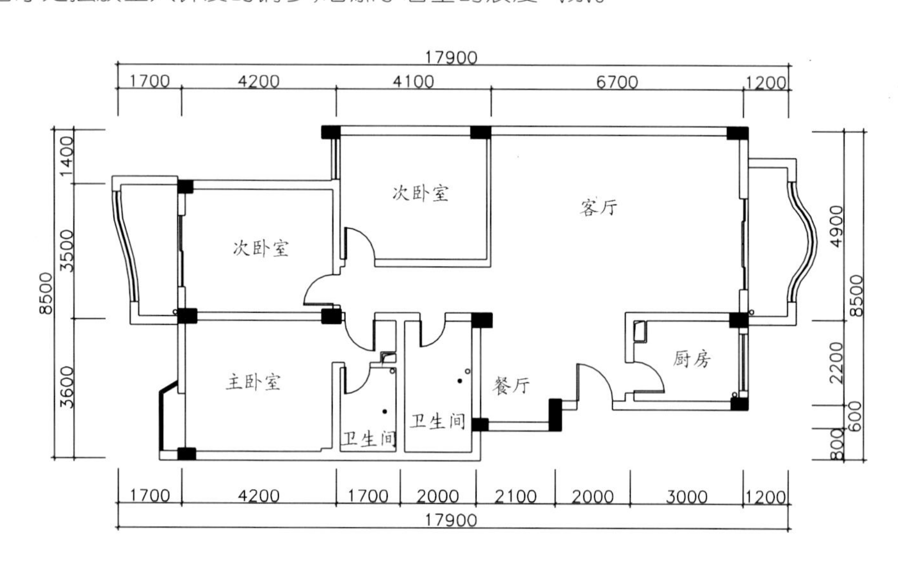

原平面图

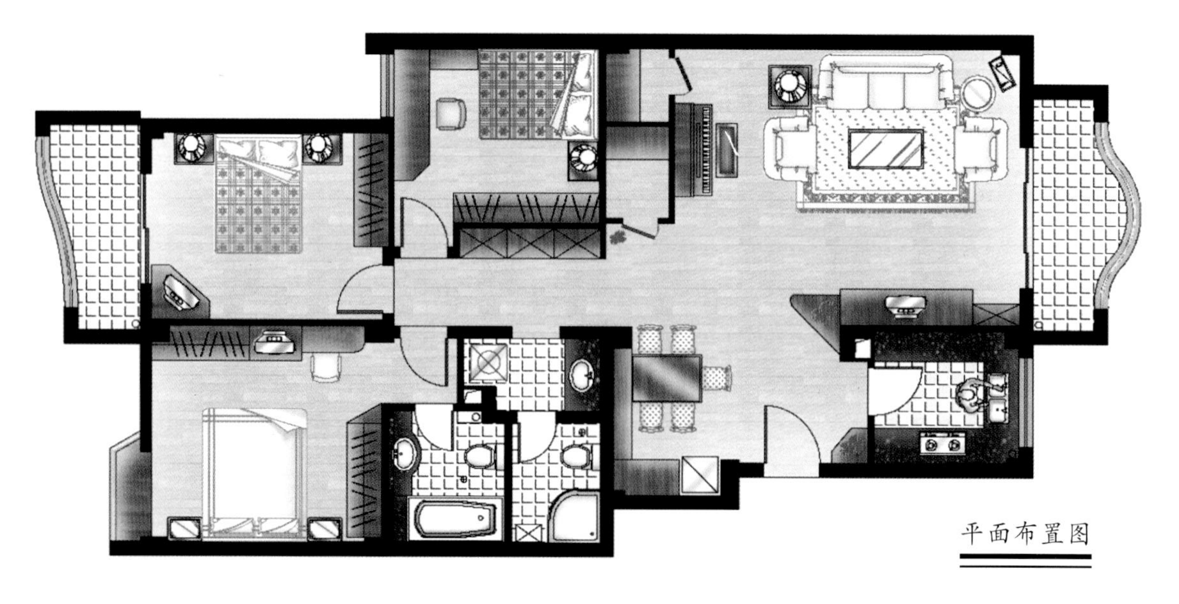

平面布置图

本案的入户门所在的位置，对居室的布局来说不很理想，同时丧失了整个客厅的私密性。设计上在强调功能分区的同时特别注意了这一点。比较大的手笔是，在门厅区做一个45°斜角的玄关，简洁的冰裂玻璃造型，将门厅和餐厅分开了。充分利用了原来的闲置区做整排鞋柜，对客厅而言，私密性得到了最大程度的体现，同时也美化了居室，显现了玄关区的魅力。

家庭户型：四口之家
建筑面积：136m²
预算造价：9.6万元
材料选用：金不换实木地板，玻化砖，海峡牌乳胶漆，艺术瓷砖，白胡桃木，聚氨酯漆，人造石台面，水晶板，科勒三洁具

15300
1800 4400 2000 5300 1800
主卧室
卫生间
客厅
次卧室
卫生间
餐厅
厨房
次卧室
3300 3300 3500 10100
3800 700 2900 2700 10100
1800 4400 2000 5300 1800
15300

原平面图

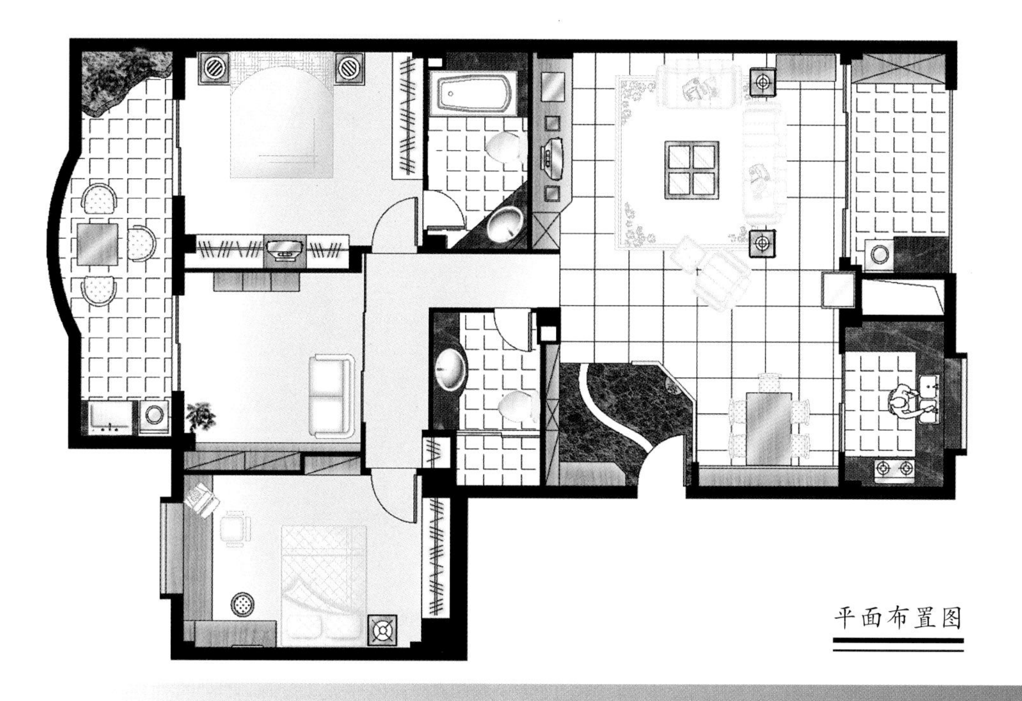

平面布置图

家庭户型：四口之家
建筑面积：120m²
预算造价：8.5 万元
材料选用：柚木纹复合木地板，玻化砖，海峡牌乳胶漆，外墙瓷砖，黑胡桃木，聚氨酯漆，银灰色铝塑板，科勒三洁具

该户型的建筑设计已经相当的完善，因此设计时，对户
本身不作太大的变动。本案的设计主要以简洁为主，力求通
简单的造型，提升室内的空间感觉与视觉效果，以营造亲切
家居气氛为出发点，从而达到现代家居生活闲适放松的目
本案的主色调为白色，家具饰面采用黑胡桃面板，并适当嵌
银灰色拉丝铝板，庄重典雅。入口处的玄关上部为悬吊式冰
玻璃，下部为鞋柜，实用美观中透出极强的现代感。客厅设
简洁，使用透明玻璃、外墙砖半隔断等手法，营造出一种流
通透的室内空间和现代休闲的家居气氛。

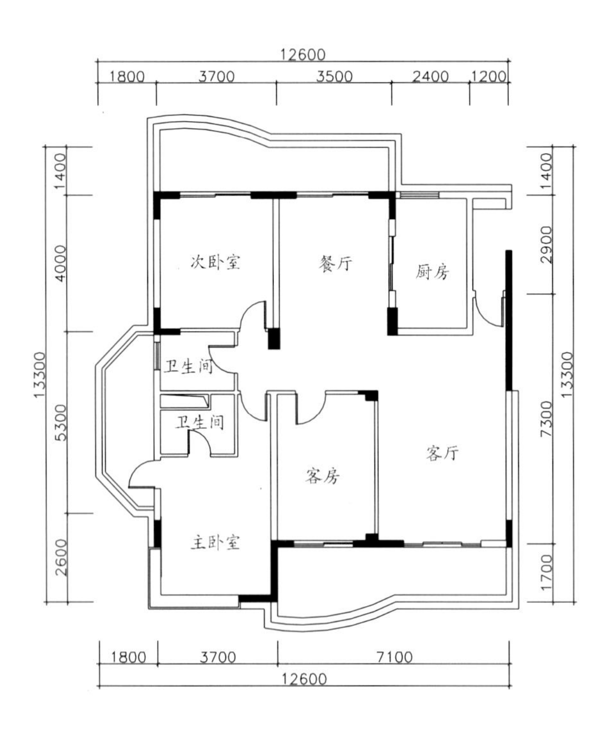

原平面图

平面布置图

平整的布局是本案的一个特点，不足之处为原小孩房的门正对入户门，居室的私密性不强，同时使餐厅也显得不够完整。于是将小孩房改为书房，门由客厅进出；与餐厅相连的墙面则做成书柜，在靠餐桌的一侧则是朝餐厅的景观台。为了方便居室内的行走，书房与客厅之间的直角设计成45°的端景台，卫生间也扩大出来，设计成干湿分离的两个卫浴区，门也呈45°放置，与餐厅相连的则是固定鞋柜。餐厅的地面采用玻化砖，与客厅也呈45°交角，客厅与餐厅之间的地面用咖啡色网纹大理石加以区分。厨房的单开门改用塑钢推拉门，以增强餐厅的采光。如此设计，餐厅也就变得独立且完整了。

家庭户型：三口之家
建筑面积：98m²
预算造价：8.5万元
材料选用：柚木实木地板，玻化砖，ICI乳胶漆，艺术瓷砖，黑胡桃木，聚氨酯漆，山西黑花岗石，TOTO洁具

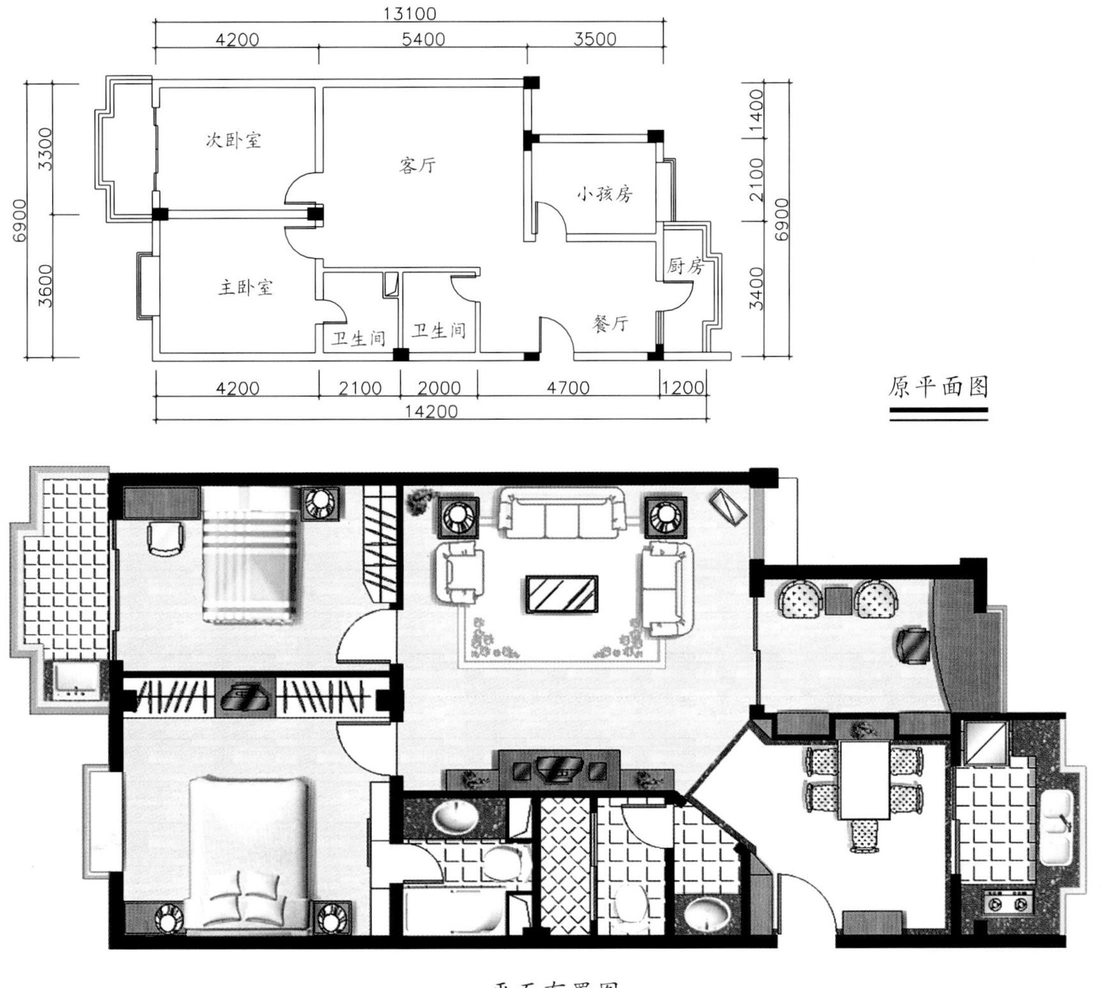

原平面图

平面布置图

三居室 *曲线的情调*

家庭户型：三口之家
建筑面积：$102m^2$
预算造价：6.8 万元
材料选用： 柚木纹复合木地板，海峡牌乳胶漆，外墙瓷砖，黑胡桃木，聚氨酯漆，防火板，山西黑花岗石，TOTO 三洁具

本案原来布局的厨房太小，不方便操作，且业主要求增加一个书房。于是设计师将靠阳台的次卧室划出一个书房位，同时保存了小孩房的完整性；并把卧室的门集中到小过道处，形成静分区的格局。在活动区营造一个曲线造型，使整个客厅活络来。又把厨房往餐厅处扩出，将客厅卫生间的门改在门厅处，厅的电视柜及墙面的曲线造型，给人一个全新的视觉感受。朝厅凸起的曲线墙面为淡淡的蓝色，电视柜随墙面呈弧形摆放。墙是沉稳的深蓝色，地板采用蓝色的金刚板，设计师在有意强曲线及附着在曲线上的蓝色的浪漫情调。

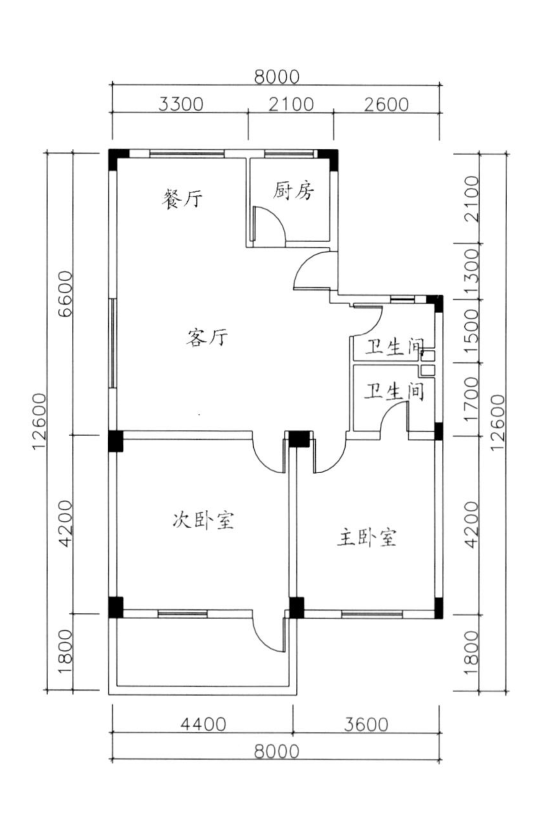

原平面图

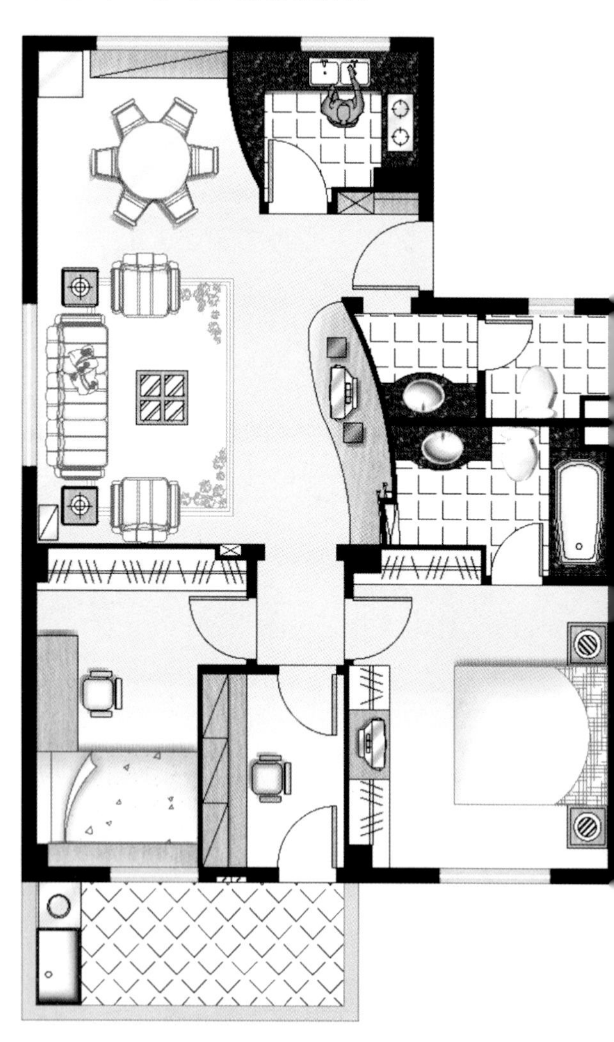

平面布置图

在楼宇林立的闹市区，能拥有一片绿意，对多数人来说是梦寐求的。三个方向的绿阴融入我们的眼帘，旺盛的生命力使我们怦心动，我们没有理由拒绝它。因而为业主保留一份绿色的情愫，本案设计的出发点。对厨房进行改造，让一堵弧形墙体引导我们门厅进入客厅；在与餐厅的连接处，以三根独立的小方柱延伸视，又能使视线穿越餐厅，看到窗外的浓阴古树。将厨房的一扇窗让给与餐厅相通的客厅，形成一个大的整体取景系。门厅与保姆相间的墙面，饰以艺术感极强的文化石，地面上随意摆放些彩色卵石，并摆放阔叶龟背竹，可谓一步一景。当我们吟唱童安格的中名句“梦开始的地方留给海洋”时，是不是可以让梦开始的地留给绿色！

家庭户型：三口之家
建筑面积：128m²
预算造价：11.5 万元
材料选用： 金不换木地板，玻化砖，史宾莎乳胶漆，艺术瓷砖，红榉木，聚氨酯漆，防火板

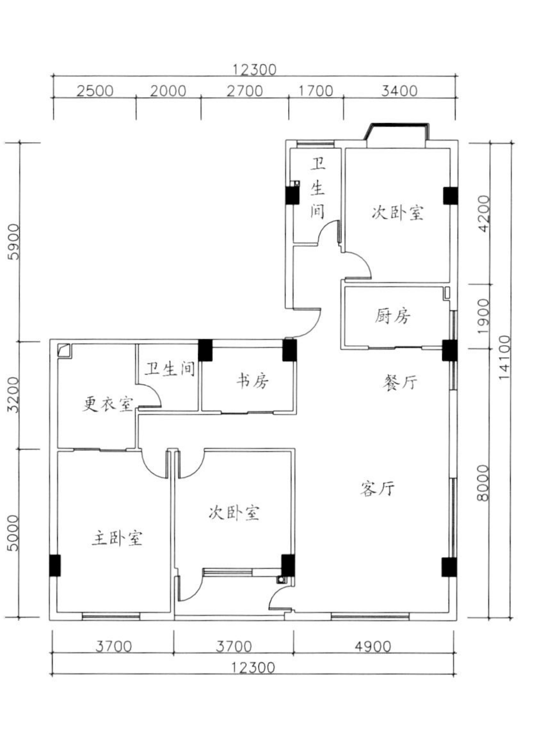

原平面图

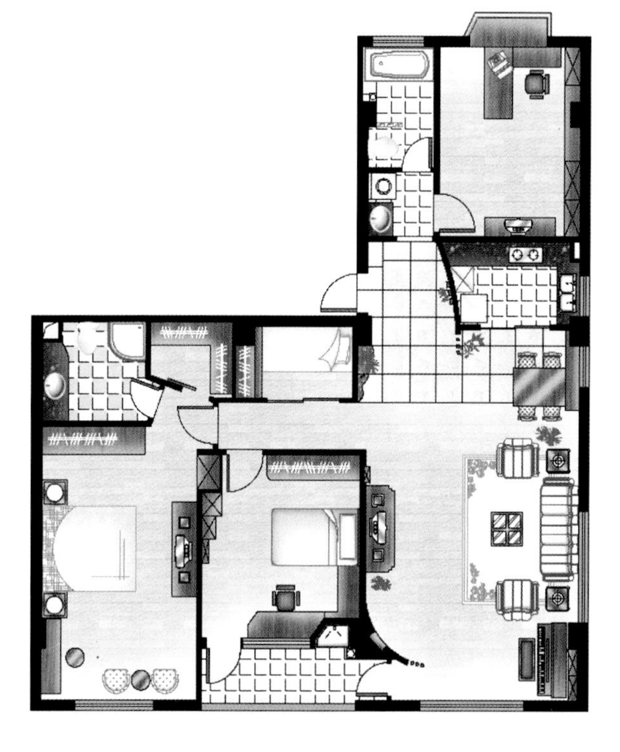

平面布置图

三居室 *阳光之屋*

家庭户型：四口之家
建筑面积：$126m^2$
预算造价：7.8 万元
材料选用：复合金刚木地板，玻化砖，海峡牌乳胶漆，外墙艺术面砖，黑胡桃木，聚氨酯漆，将军红花岗石，防火板

本案的特点在于居室的采光极好，窗外的景致颇佳，建筑结构也令业主满意。因此设计师要做的便是如何保持原有的格局，使居室沐浴在幸福的阳光之中。本案的餐厅太大，设计师便在此加了一个敞开式的小书房，不做门，与餐厅之间以半高书橱相隔，书橱上方摆放工艺品，给人一种美不胜收的感觉。客厅卫生间门改由门厅进，让客厅更加完整和美观。相比之下阳台显得更加重要，阳台的地面中间部分为大片仿古地砖，两片并铺，四周空间为彩色鹅卵石，色泽的变化与午后的阳光一道叫人闲适和放松。

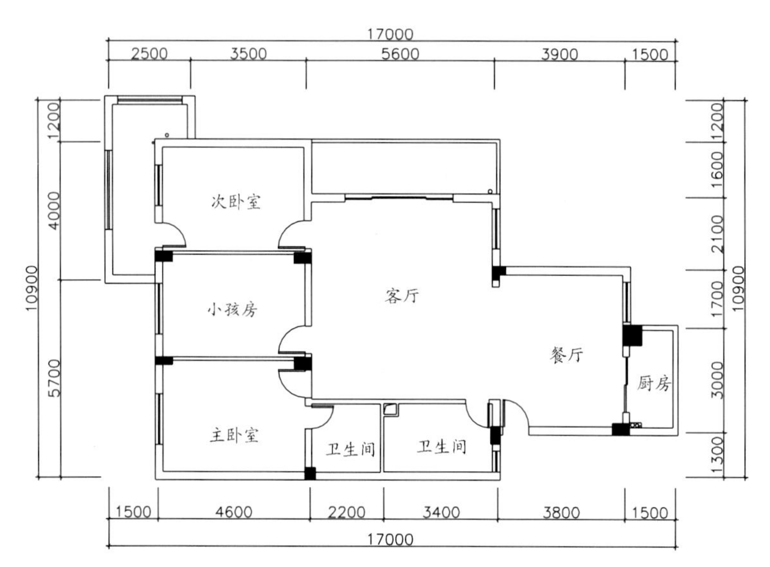

原平面图

平面布置图

和许多居室一样，本案的客厅处在居室空间通道的枢纽上，动较乱，客厅显得不完整。对此，设计师在对客厅进行整合中，强调独立性和完整性。首先以圆形来合围客厅，同时将主卧室的门随形延伸出来，扩大了主卧的面积。次卧室的门改由靠入口门处开。口处右侧为鞋柜，正面为玻璃玄关端景台。客厅与餐厅之间的圆形吧台，将客厅与餐厅分隔成两个独立的空间，互不干扰，但在视上却又畅通无阻。沙发背景连同餐厅吧台、电视柜背景墙在同一圆弧中形成了一个合围的客厅。

家庭户型：五口之家
建筑面积：102m²
预算造价：8.6 万元
材料选用：樱桃木实木地板，玻化砖，CAC 乳胶漆，艺术瓷砖，白胡桃木，聚氨酯漆，欧典整体厨具，吉事多三洁具

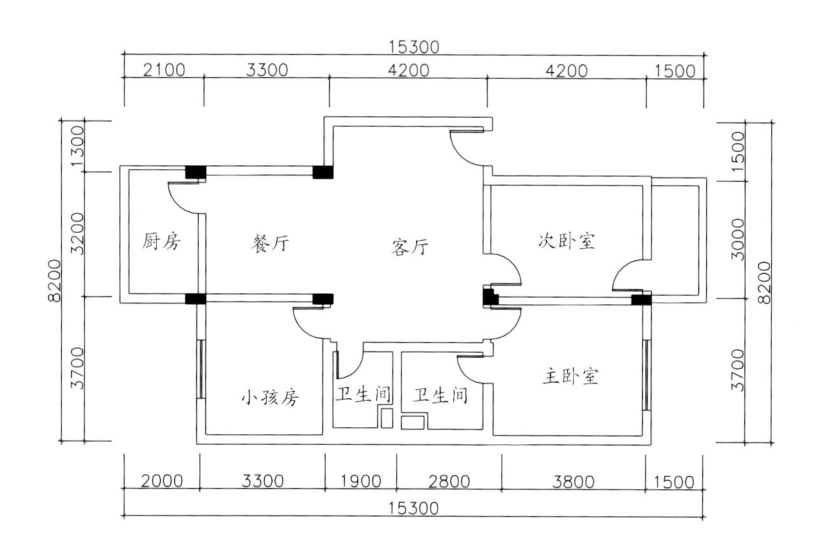

原平面图

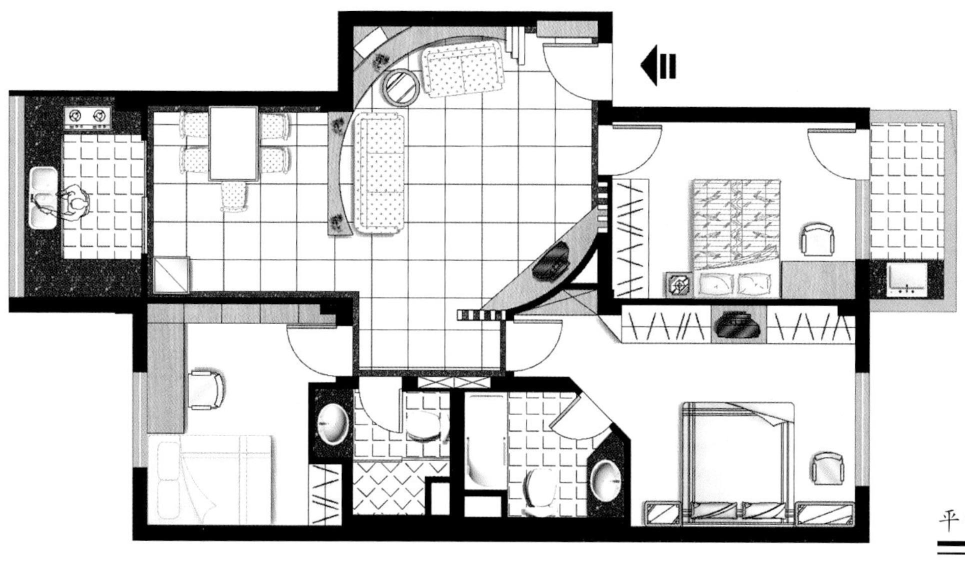
平面布置图

家庭户型:两口之家
建筑面积:99.6m²
预算造价:4.3 万元
材料选用:枫木实木地板,枫木纹复合金刚木地板,海峡牌乳胶漆,艺术面砖,黑胡桃木,聚氨酯漆,山西黑花岗石,防火板,钻石洁具

本案的业主是位古琴大师,深得高雅之妙境,因而在住宅装
时,一再强调居室的墙面、吊顶不作任何装饰,所有装饰由他自
来安排,墙面、顶面只要设计成白色即可,整个居室设计是在业
的积极参与中完成的。在正对入口门处的墙面上悬挂着业主琴
的牌匾,餐厅与客厅之间是传统的中式四折屏风,屏风的画面分
是业主自己创作的"梅、兰、竹、菊"四幅国画。客厅墙面正对面为
人收集的四幅失传的古琴拓本,沙发背面为书画名家共同主笔
业主画像。书房一面为书橱,其他两面全部用于悬挂主人多年来
心收集的古琴、名琴,整个居室没有任何人为装修的痕迹,但却
放出灿烂的国粹魅力。

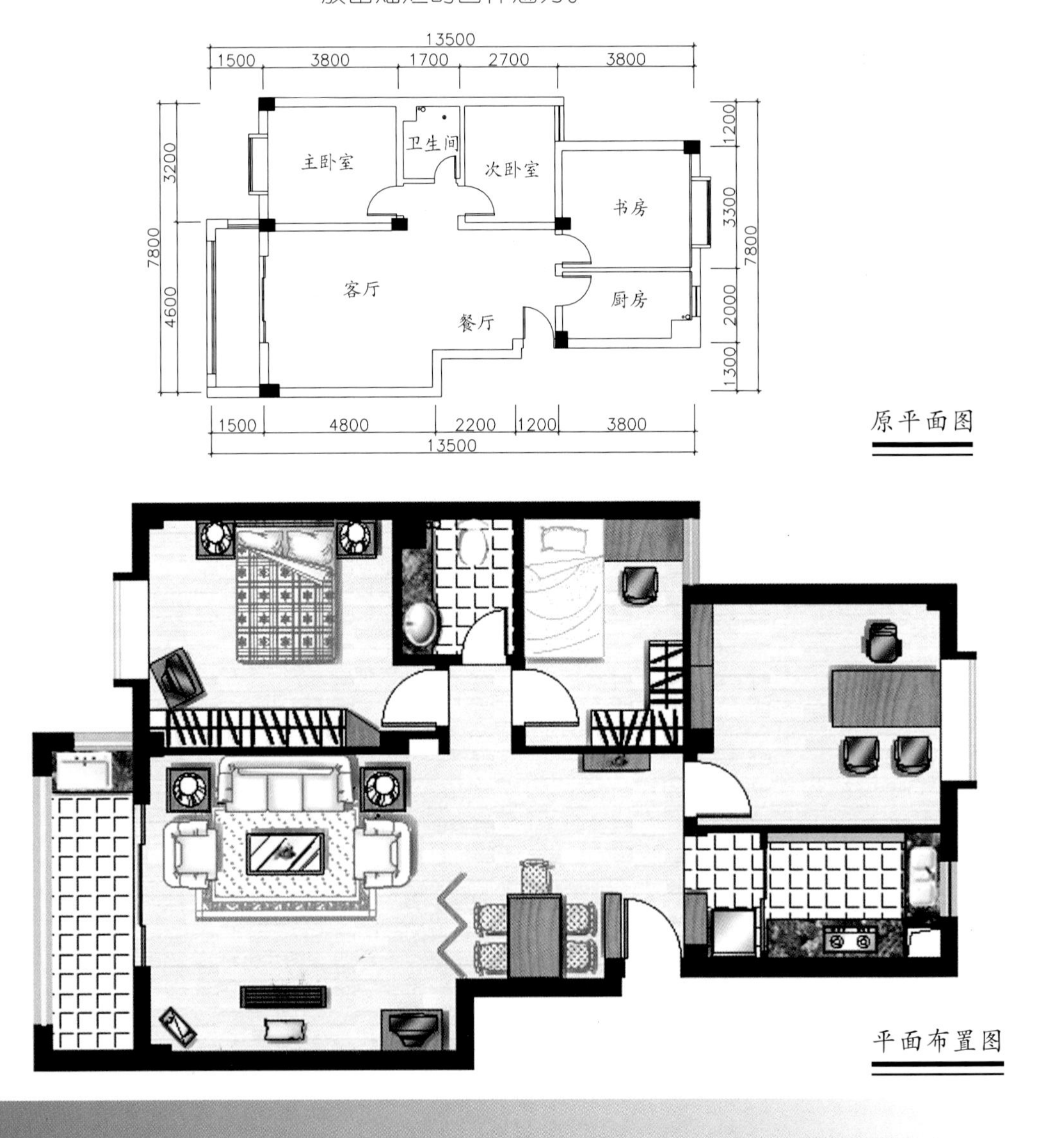

原平面图

平面布置图

高层住宅的管道井会比普通住宅更多或更大,有些管道井的计不尽如人意,本案也有类似的情况。餐厅中管道井的位置大,餐厅的形状不规整，餐桌的摆放如果按常规的横摆或竖摆,空都很局促。因而,设计师首先将原餐厅推拉门拆除,使餐厅面积大;小孩房应主人要求改为书房及娱乐室,推拉门由餐厅处开;着设计师极富想像力地把突出的管道井隐藏起来，以 45°角做个装饰墙面,与管道相连处则设计成备餐端景台。餐厅与书房间的墙角也以同样的 45°角设计成一个小精品橱，形成一个类钻石形状的餐厅。餐厅处的地面玻化砖延伸至客厅,使客厅的面由于材质的变化而引发出视觉上的效果变化。

家庭户型:三口之家
建筑面积:117m²
预算造价:8.3 万元
材料选用:金不换木地板,玻化砖,ICI 乳胶漆,艺术瓷砖,黑胡桃木,聚氨酯漆,防火板

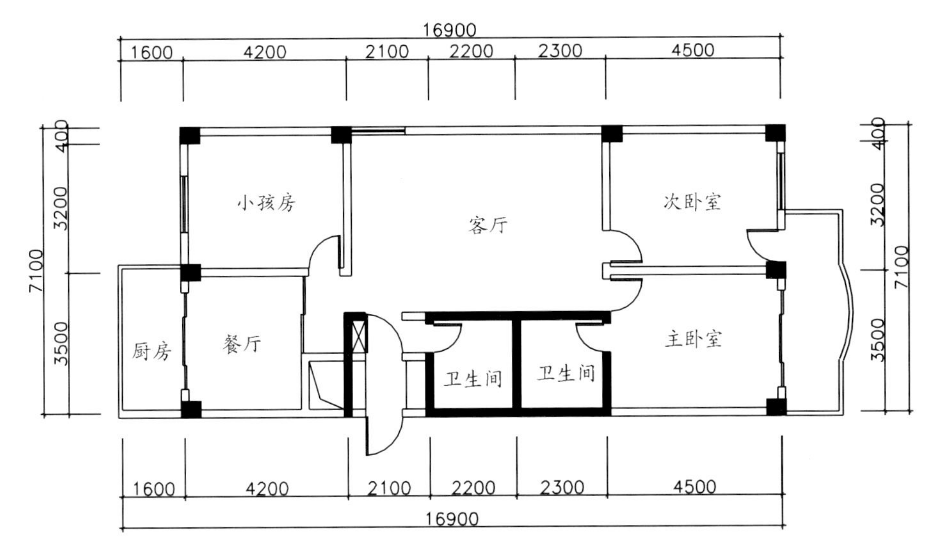

原平面图

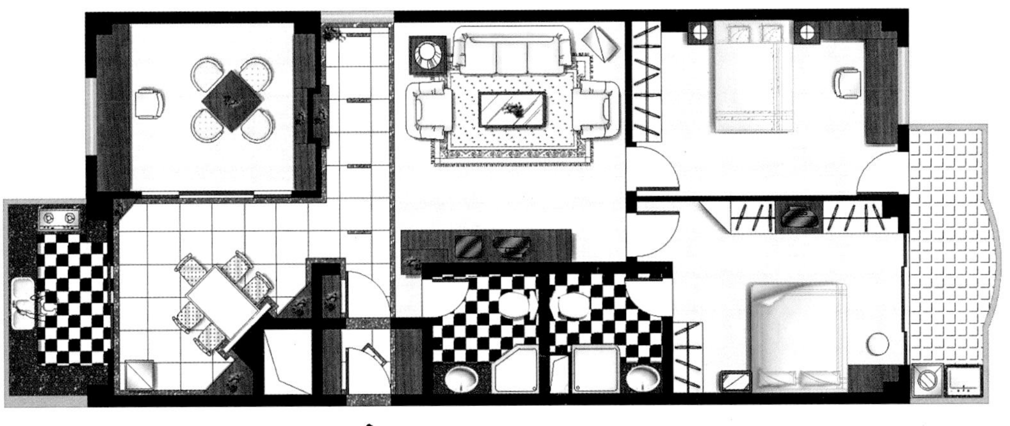

平面布置图

家庭户型:五口之家
建筑面积:122m²
预算造价:8.9万元
材料选用:金不换实木地板,玻化砖,ICI乳胶漆,艺术瓷砖,黑胡桃木,聚氨酯漆,山西黑花岗石

本案的原建筑布局中卧室的设计不很符合业主的需求主卧室与小孩房的设计不很理想,原小孩房较狭长。因而设师从改造小孩房入手,把小孩房的一个墙面往客厅移,让小房有一个比较方正的空间;在小孩房与过道之间形成一个藏间。主卧室门改与立柱平,主卫门改由靠卧室门处开,以持主卧室的完整性。在入口门正前方做一玄关,以避免墙角对入口门。厨房与原餐厅合并,扩大了面积,餐厅则通过鞋与门厅分离,形成独立的就餐空间。

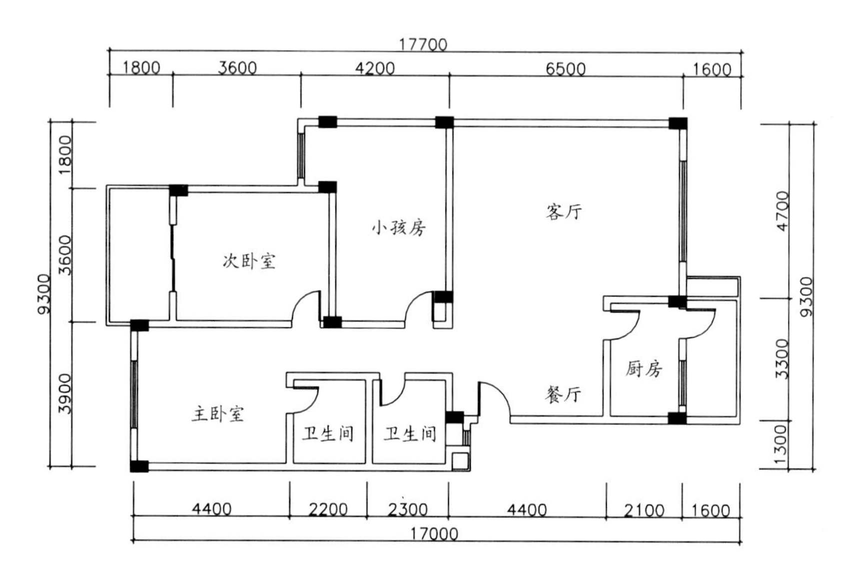

原平面图

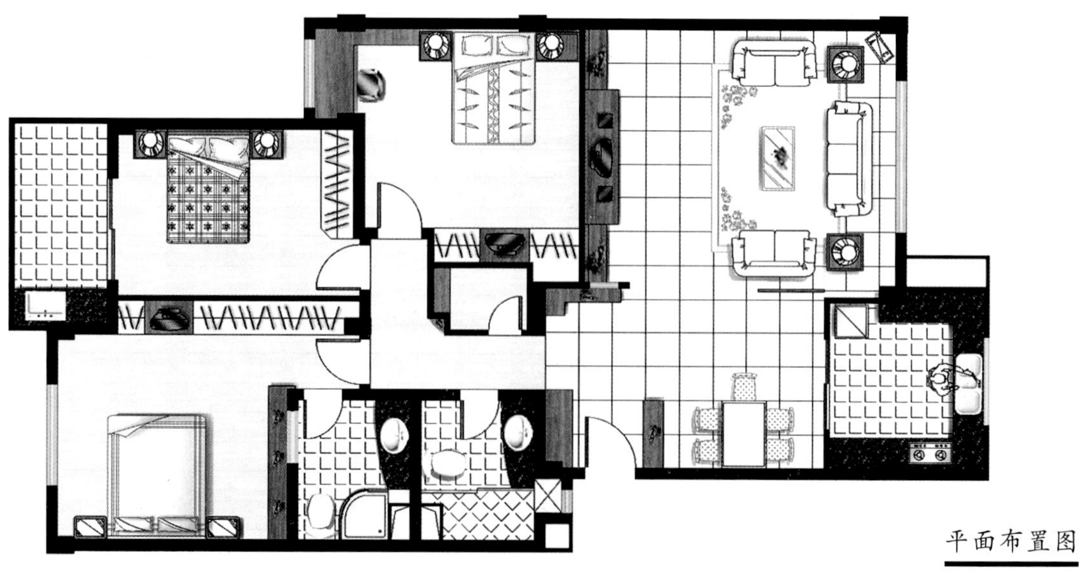

平面布置图

保持建筑原有的平整设计风格，并不是十分容易做到的，因为
人们已经习惯于接受求异思维的影响。实际上，当大多数人求异、求
新、求美之时，有时求同却会让人耳目一新。本案完全保留了原有的
建筑布局，仅对两处门的地面进行调整，一是书房门由正对入口门
改为由客厅进出的推拉门；二是将主卧室到阳台的铝合金门拆除，
并将门洞堵上，增加了主卧室的私密性。每个功能区域的墙以平整
为主，家具的造型也以横平竖直为主，给人一种整齐大气的感觉。

家庭户型：三口之家
建筑面积：96m²
预算造价：6.8 万元
材料选用：复合金刚木地板，香槟色玻化砖，海峡牌乳胶漆，艺术瓷砖，黑胡桃木，聚氨酯漆，绿钻花岗石，吸塑门板

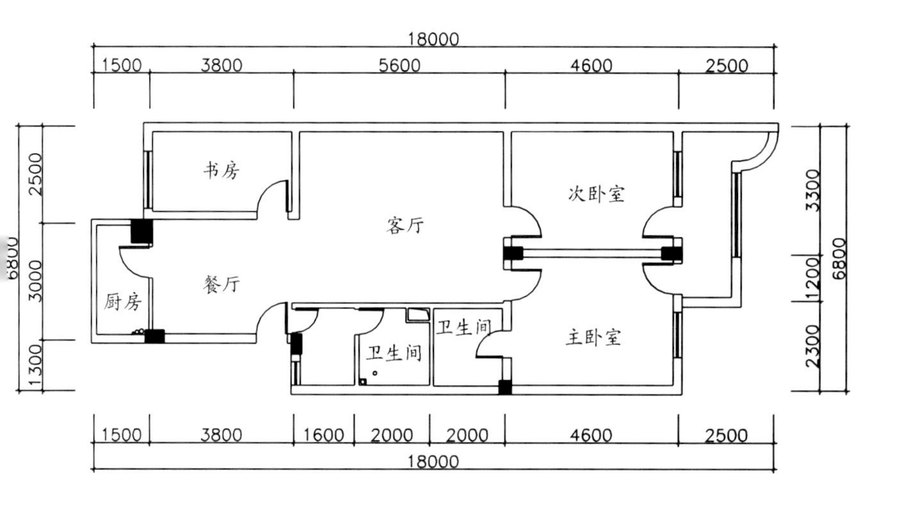

原平面图

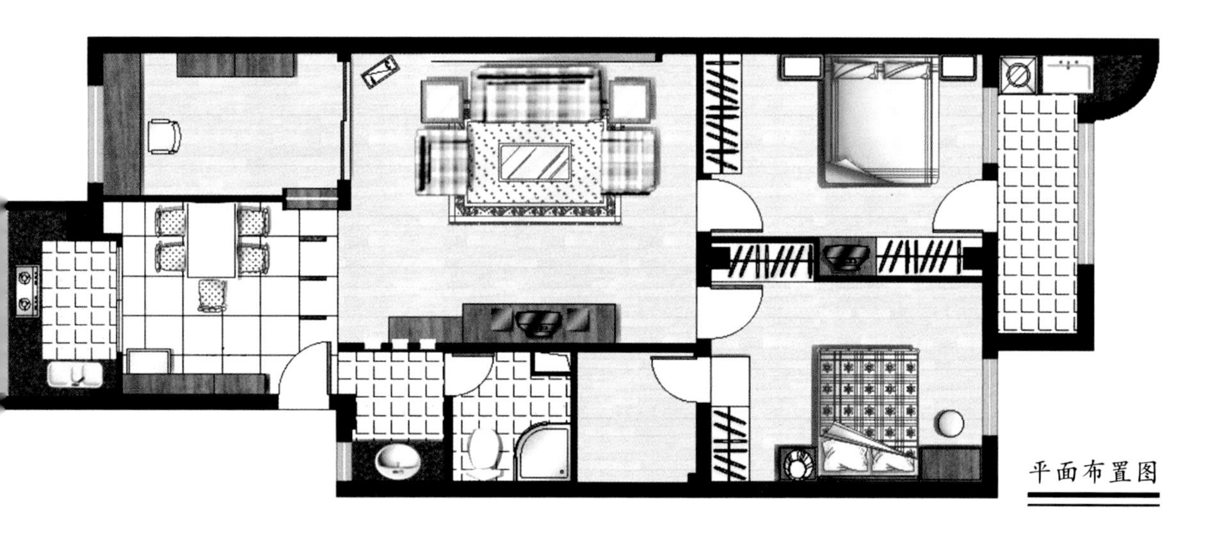

平面布置图

三居室 *细微的调整*

家庭户型：三口之家
建筑面积：120m²
预算造价：9.2 万元
材料选用：柚木实木地板，香槟色玻化砖，立邦漆，艺术瓷砖，黑胡桃木，聚氨酯漆，奥维整体厨具

本案的原建筑布局比较符合业主的要求，因此对大格局无需作大的改动，设计师只在一些细节的地方进行调整。如在门厅玄关区正对入口门处做一个鞋柜，鞋柜上方为悬挂式的冰裂玻璃，起到美化居室和引导行走路线的作用。厨房往餐厅扩大，餐厅与客厅相连处为外墙瓷砖饰面的吧台式备餐台。书房与客厅之间为书柜，其中靠沙发两边的书柜朝客厅部分用白玻璃做面，内置工艺品，在视觉上产生空间穿透感，增加居室的感受空间。主卧与次卧之间的立柜改为主卧室使用的衣帽间。书房到阳台为推拉门，阳台的地面铺鹅卵石，需要时还可以进行脚底按摩。

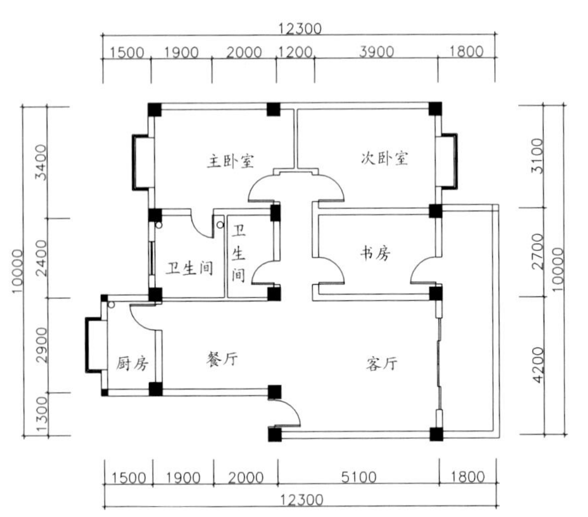

原平面图

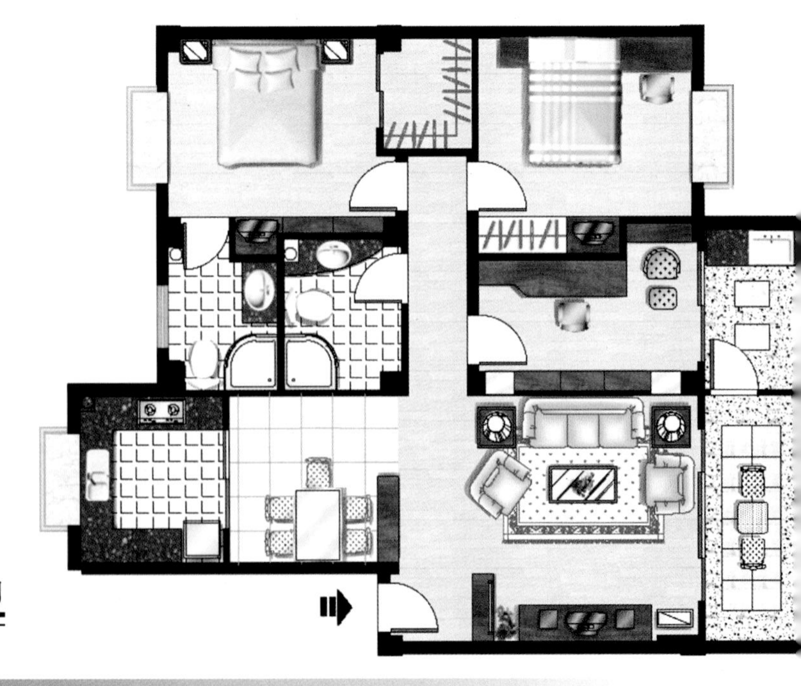

平面布置图

本案的原建筑设计在功能上比较合理，不足之处是客厅与卫生间位置不很理想。因此设计师将次卧室改为主卧室，客厅卫生间改为主卧卫生间，原主卧卫生间则改为客厅公用卫生间。同时为保持客厅的完整，将中间卧室的门改由原主卧室通道进。将餐厅与门厅之间的墙体拆除，成为开放式的餐厅。门厅与客厅之间为三根实木立柱，中间嵌玻璃，既起遮挡视线的作用，又具有极强的装饰效果。客厅电视柜背景墙因餐厅冰箱位置的突出，变成了独特的景观，突出部分两侧为日光灯带，让客厅在灯光的照射下产生不同层次的效果。居室的布局由外至内分别为动静两区，又因家庭成员卧室的不同形成了有序而又生动的空间。

家庭户型：五口之家
建筑面积：120m²
预算造价：8.9 万元
材料选用：枫木实木地板，玻化砖，ICI 乳胶漆，艺术瓷砖，白胡桃木，聚氨酯漆，山西黑花岗石，防火板，吉事多三洁具

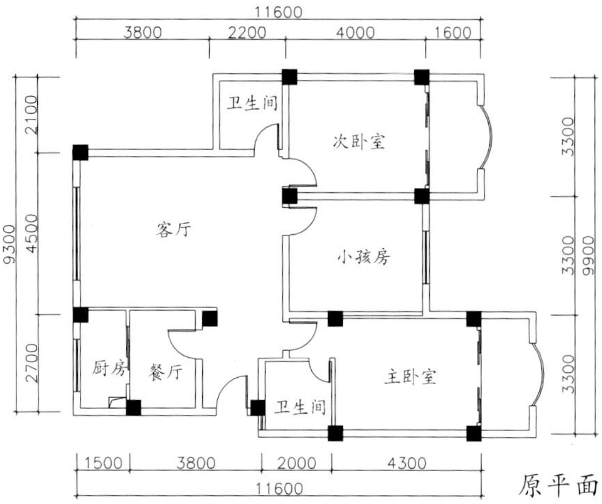

原平面图

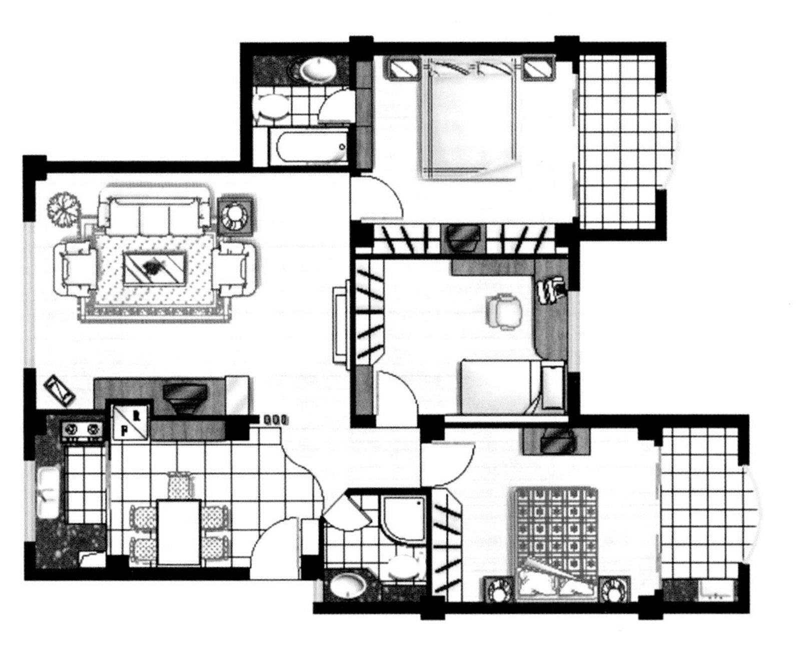

平面布置图

三居室 *敞篷式餐厅*

本案的原厨房极小，又缺少一个餐厅。因此有必要将厨房移至朝北阳台，原单开门改为塑钢推拉门，与立柱外取平。原厨房作为餐厅似嫌狭小，于是将餐厅与朝北琴房之间的墙面用弧形的备餐柜隔断，隔断上部不到顶，可摆设工艺品。餐桌靠弧形备餐台摆放，餐厅不做门，显得更大一些。琴房也为敞开式，不做门，仅用艺术窗帘做活动性隔断，必要时拉上，两个区域互不干扰，平时打开，可增大整个居室的视觉空间。

家庭户型：三口之家
建筑面积：92m²
预算造价：6.9 万元
材料选用：复合金刚木地板玻化砖，ICI 乳胶漆，艺术瓷砖，黑胡桃木，聚氨酯漆，绞钻花岗石，防火板

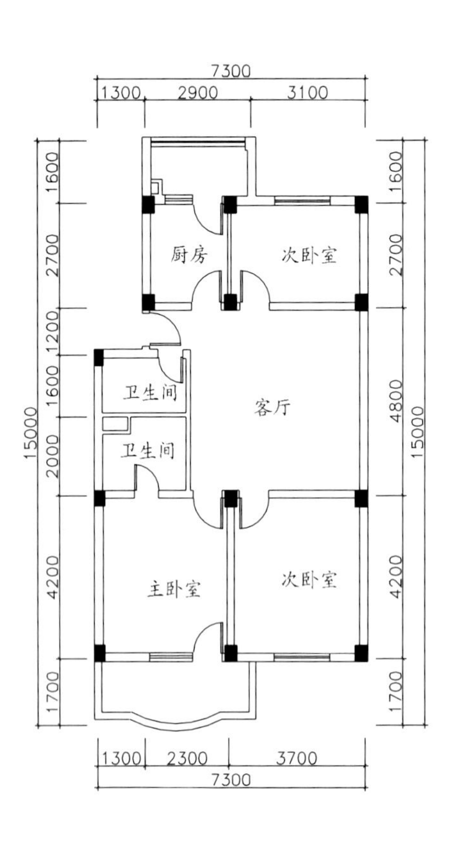

原平面图

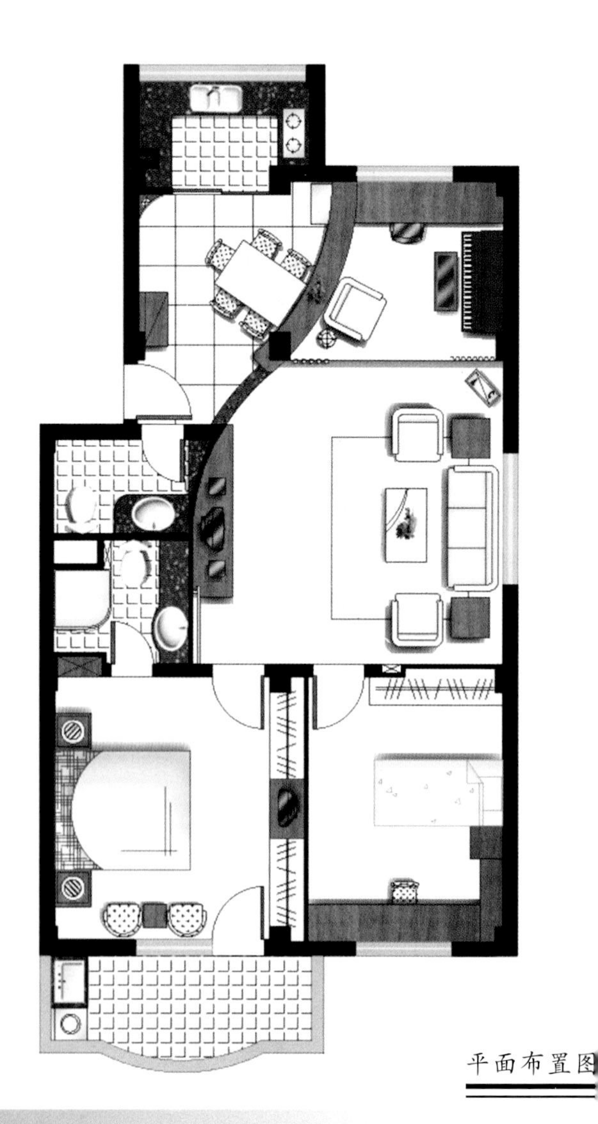

平面布置图

给居室营造一些人文的自然景致，是业主的要求。设计
在对居室进行布局时，充分考虑到这一点，在正对门口的
柱上设计带圆形的景观台，上面摆放一尊雕塑，景观台上
装有光线柔和的石英射灯。主卧室的门延伸出来，改 90°方
朝客厅开；与客厅卫生间交角部分的墙上贴饰文化石，地
散乱地摆放着白色鹅卵石，几盆棕竹放在乱石中，显得更
绿意盎然。书房的门改朝餐厅开，书房与客厅之间的墙面
放电视柜而故意做成折角形，在书房凹入部分为书橱，客
凹入部分正好摆放电视柜。

家庭户型：三口之家
建筑面积：110m²
预算造价：7.5 万元
材料选用：柚木纹复合木地板，玻化砖，海峡牌乳胶漆，瓷砖，胡桃木，聚氨酯漆，防火板，蒙古黑花岗石，鹰牌三洁具

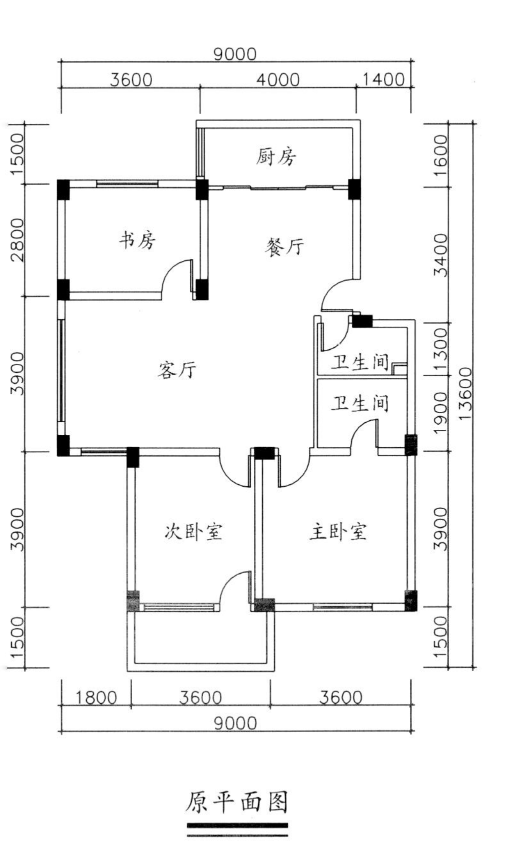

原平面图

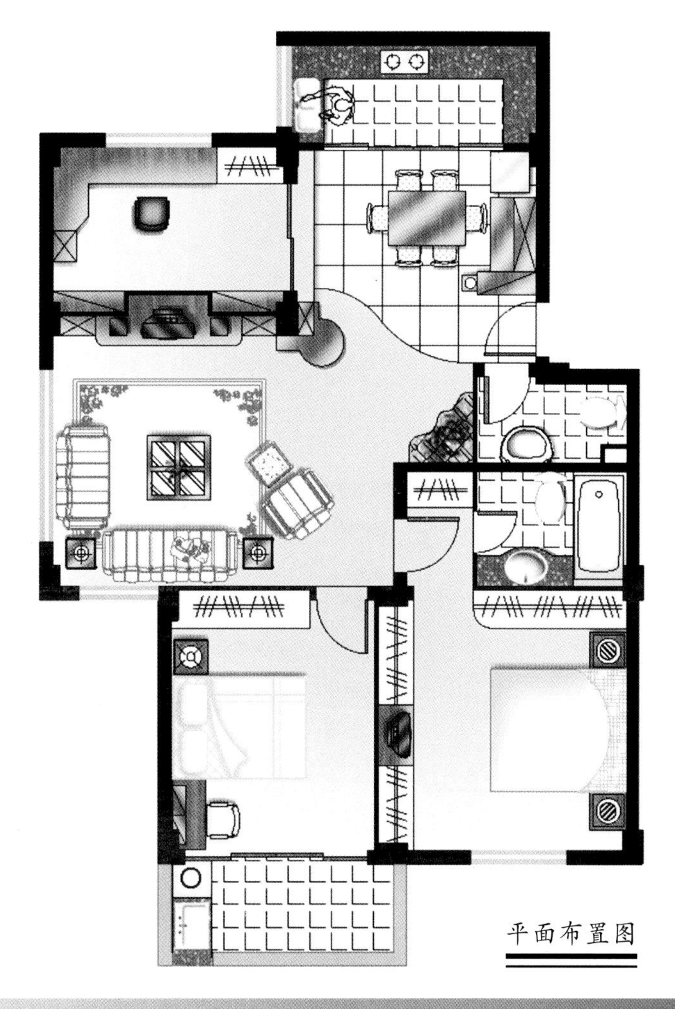

平面布置图

三居室 *餐厅从封闭到开放*

家庭户型:五口之家
建筑面积:85m²
预算造价:6 万元
材料选用:LG 活豹金刚板，玻化砖，史宾莎乳胶漆，罗马艺术瓷砖,红榉木,聚氨酯漆,TOTO 洁具

本案的房型结构、采光和通风都较好,不足之处是餐厅小,因而改变餐厅的格局是本案的重点之一。在入口处做一屏风隔断是十分必要的,这样使门厅与客厅各自独立,保持功能划分上的清晰以及空间感受的完整。将餐厅与客厅的拆除,并将朝北的卧室缩小,门由餐厅进,让客厅更加完整,少了视觉和动线的杂乱感。对餐厅来说,一改封闭的局限,客厅通而不隔,压抑感一扫而光。在餐厅往卫生间挪出的墙上,以 12 毫米厚的白玻璃层板横贯,可用于置放装饰品,在露出处配三盏射灯,充分发挥饰物的装饰效果。客厅的电视采用下悬空做法,墙上用亚光不锈钢管装饰。洁白的墙面、本色的电视柜和现代金属材质，在空间的组合中散发出迷的现代气息。

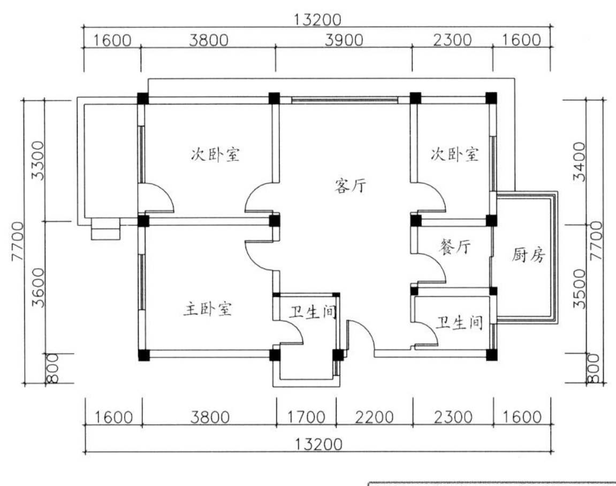

原平面图

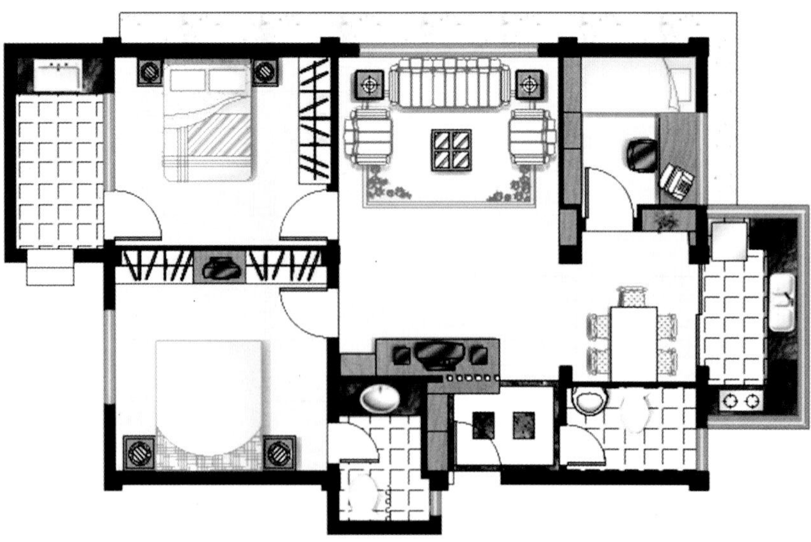

平面布置

家庭户型:三口之家
建筑面积:126m²
预算造价:9.5 万元
材料选用:樱桃木实木地板,软木地板,海峡牌乳胶漆,艺术瓷砖,红榉木,聚氨酯漆,欧典整体厨具

充足的阳光对家居来说是重要的。本案的采光和通风良好,不足之处为原建筑平面朝北卧室正对入口门,私密性较差,因而设计师也以此为起点,调整居室的布局。两个次卧室的过道整个往南移,将餐厅、卫生间拉长,这样避免了居室的门外露;同时朝入口门一侧墙上则将玄关台与备餐台相连,厨房往原餐厅处扩大,餐厅则采用开放式,不再做墙相隔。将客厅休闲区地面抬高,上面铺软木地板,与客厅之间用半敞式精品橱相隔,上可放置工艺品,两个区域都可以欣赏到。休闲区与餐厅之间为精品橱与鞋柜相连,形成各自独立的区域。

12700
3500 1400 4200 3600
3300 1700 4200
次卧室 次卧室 主卧室 卫生间 卫生间 厨房 餐厅 客厅 休闲区
3300 2400 2200 1300 9200
4900 4200 5200
14300

原平面图

平面布置图

三居室 *长廊的感觉*

家庭户型：三口之家
建筑面积：125m²
预算造价：12.6 万元
材料选用：黄檀木实木地板，进口米黄石，咖啡网纹大理石，立邦漆，罗马艺术面砖，黑胡桃木，聚氨酯漆，欧典整体厨具，科勒三洁具

由于本案的建筑结构十分合理，因此设计重点主要在客厅上。要把客厅设计成与众不同，则需要有与众不同的想法。设计师引用传统建筑中长廊的做法，将入户门正对处设计成走廊感觉的通道，让居室有极强的纵深感。客房的门改为朝客厅的推拉门，使餐厅完全独立，整个客厅由于走廊的形成，变得更加富有变化和情调。沙发靠走廊摆设，颇有些大家气派。厨房往餐厅处移，扩大了面积。在长廊尽头则是一个做工精细的铁艺造型花台，台面为大花白大理石，上放着一尊精美的雕塑，在灯光的照射下十分醒目。

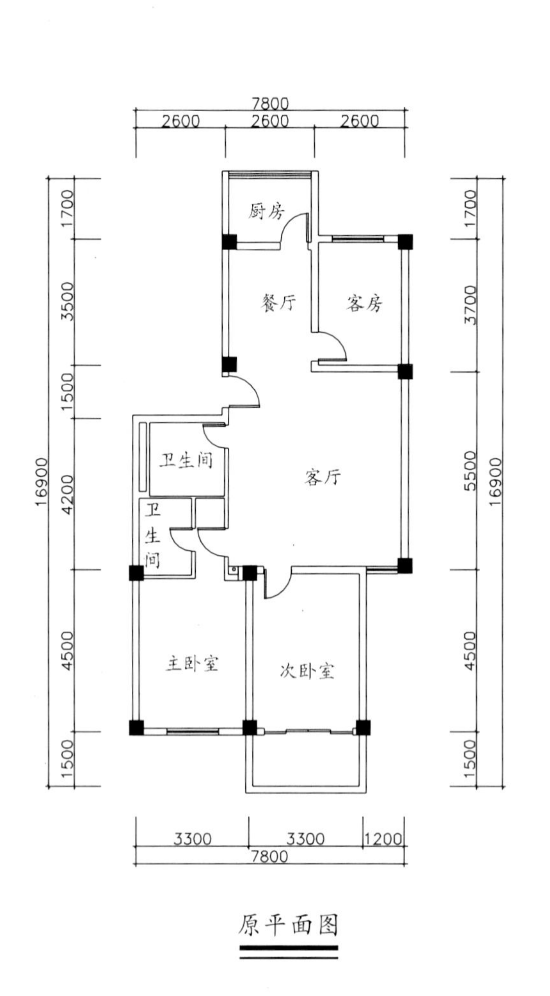

原平面图

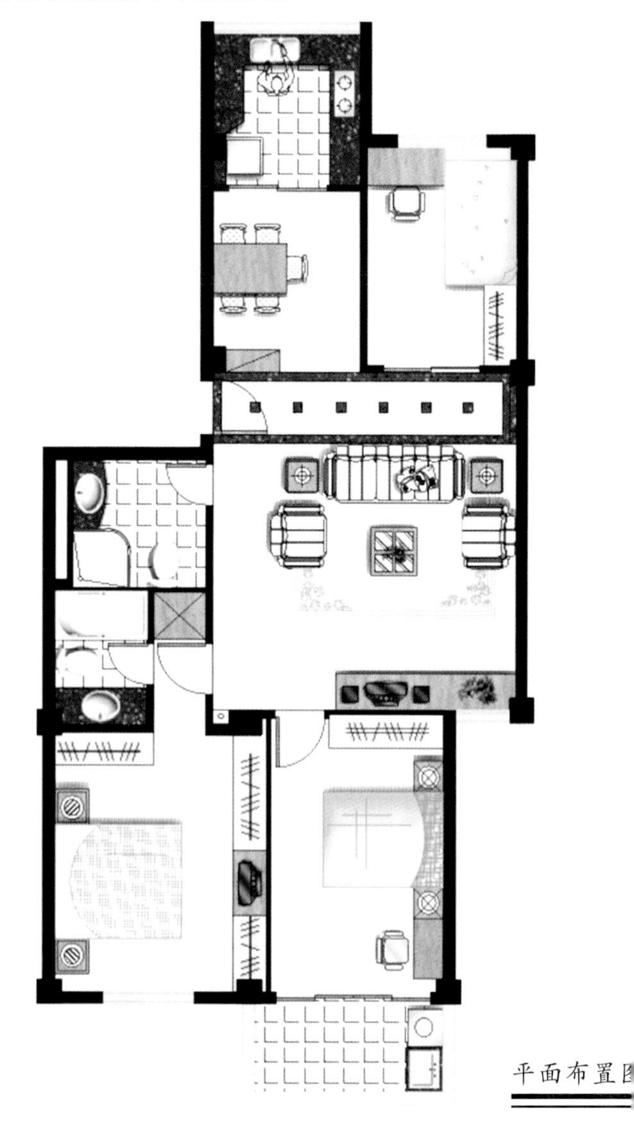
平面布置图

这是一套比较典型的三居室，不足之处为卫生间、厨房小。设计师采用合并的手法，将两个卫生间合并成一个空较大的卫生间。并且将卫生间与客厅相隔的墙设计成弧线，让客厅变得生动且富有浪漫情调。把厨房的门移到与靠厅的管道井相平，厨房与书房之间采用斜角处理。书房在入户相对的直角处设计成圆形端景台，小巧玲珑。

家庭户型：三口之家
建筑面积：$90m^2$
预算造价：6.5 万元
材料选用：复合金刚木地板，海峡牌乳胶漆，艺术瓷砖，白榉木，聚氨酯漆，山西黑花岗石，防火板，鹰牌洁具

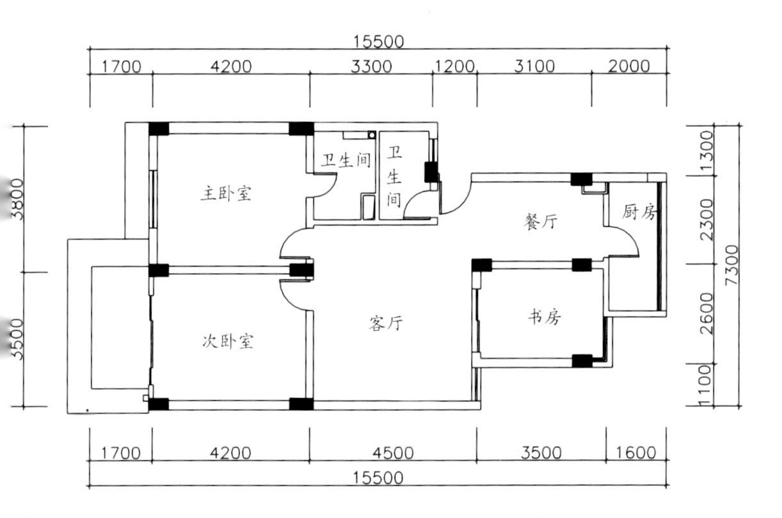

原平面图

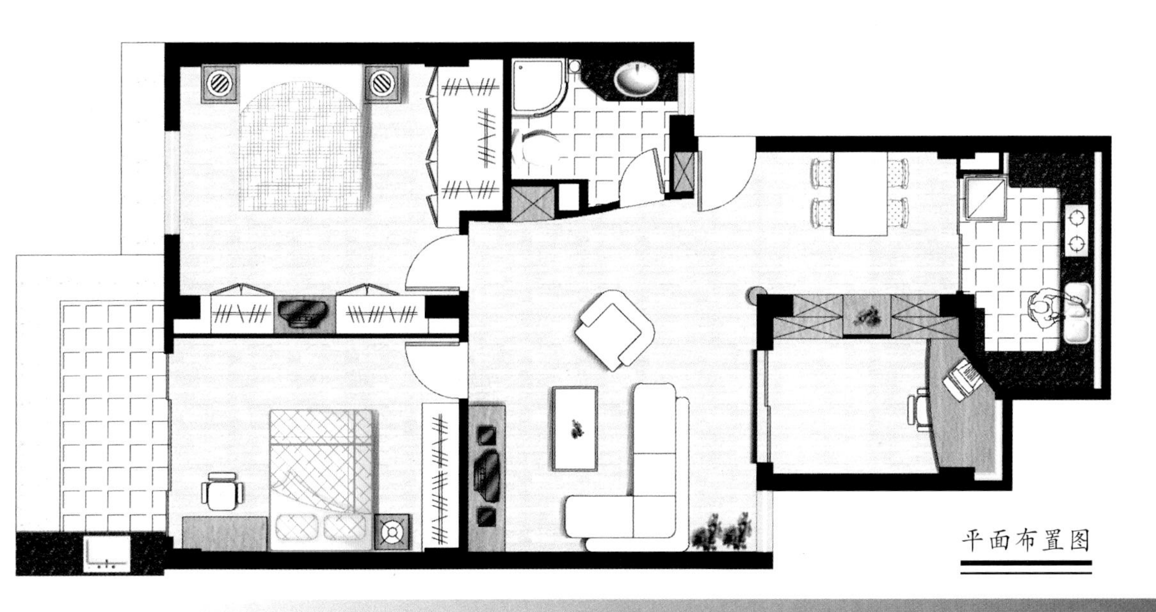

平面布置图

家庭户型:三口之家
建筑面积:$86m^2$
预算造价:5.3万元
材料选用:复合金刚木地板,海峡牌乳胶漆,艺术瓷砖,榉木,聚氨酯漆,石榴红花岗石,防火板

早期的建筑大部分都是砖混结构，墙体本身起承重用,是不允许拆打的。本案的设计是不改变原有结构,只居室的使用功能进行调整。朝北卧室改造成书房,原单开和室内窗拆除改为小推拉门。将阳台与厨房合并,厨房的作区域定位在靠窗边,靠客厅部分为小的就餐区,原来的内窗改造成鞋柜。客厅则显得小巧玲珑,便于加强家庭成之间的沟通。

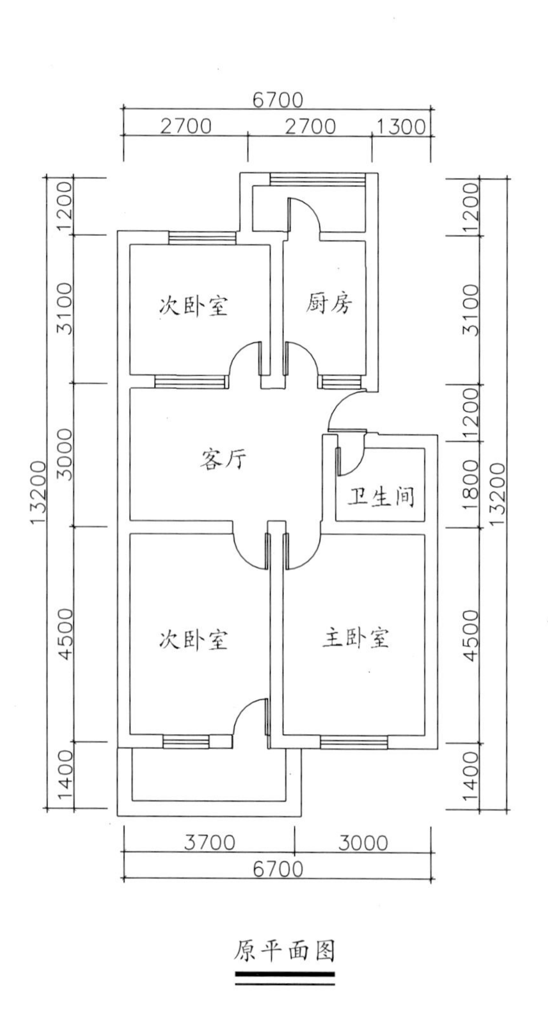

原平面图

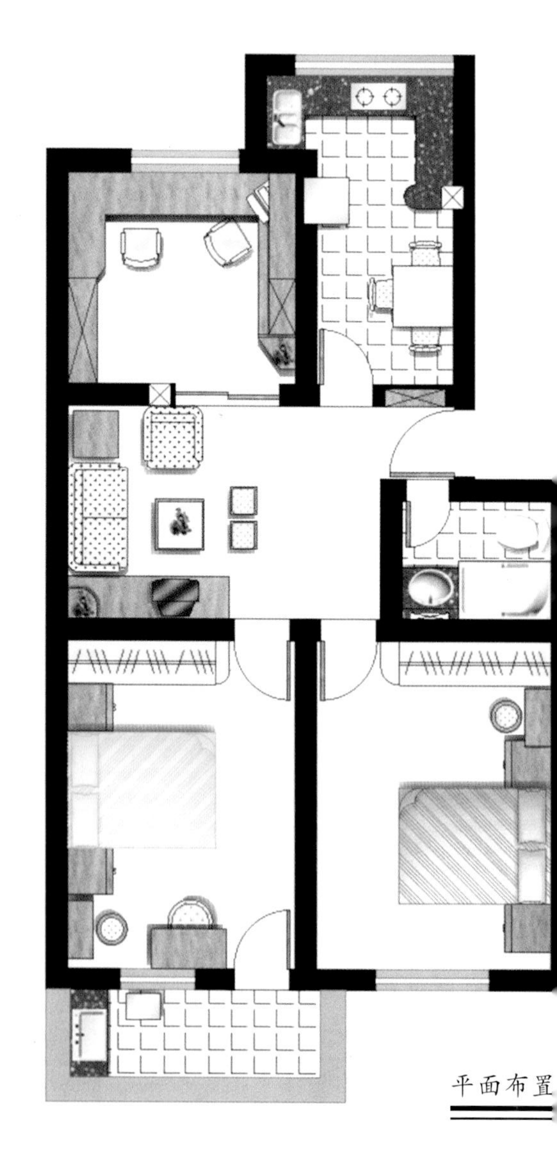

平面布置

这也是一套典型的三居室,建筑结构比较完善、合理。本案
计师考虑更多的则是对一些细节的处理,以将本案的居室设
得与众不同。本案的餐厅为开放式餐厅,与门厅之间以鞋柜
隔。鞋柜上方为悬挂式冰裂玻璃,起遮挡视线的作用。原客厅
生间比较小,设计师再三考虑想出一个腾挪妙法,将卫生间
客厅扩张,同时将墙面做成圆弧形往客厅方向鼓出。卫生间
出部分为整体洗面台,十分气派。客厅鼓起部分正好放置电
柜。电视柜设计成活动式,不固定在墙上,可以比较自由地摆
,同时鼓起的感觉也令人耳目一新。

家庭户型:三口之家
建筑面积:110m²
预算造价:8.2 万元
材料选用:樱桃木实木地板,玻化砖,ICI 乳胶漆,艺术瓷砖,红榉木,聚氨酯漆,四川红花岗石,吉事多洁具

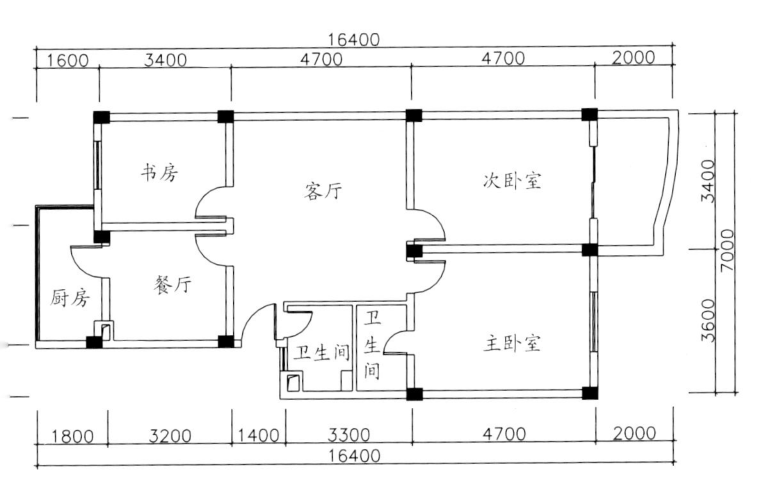

原平面图

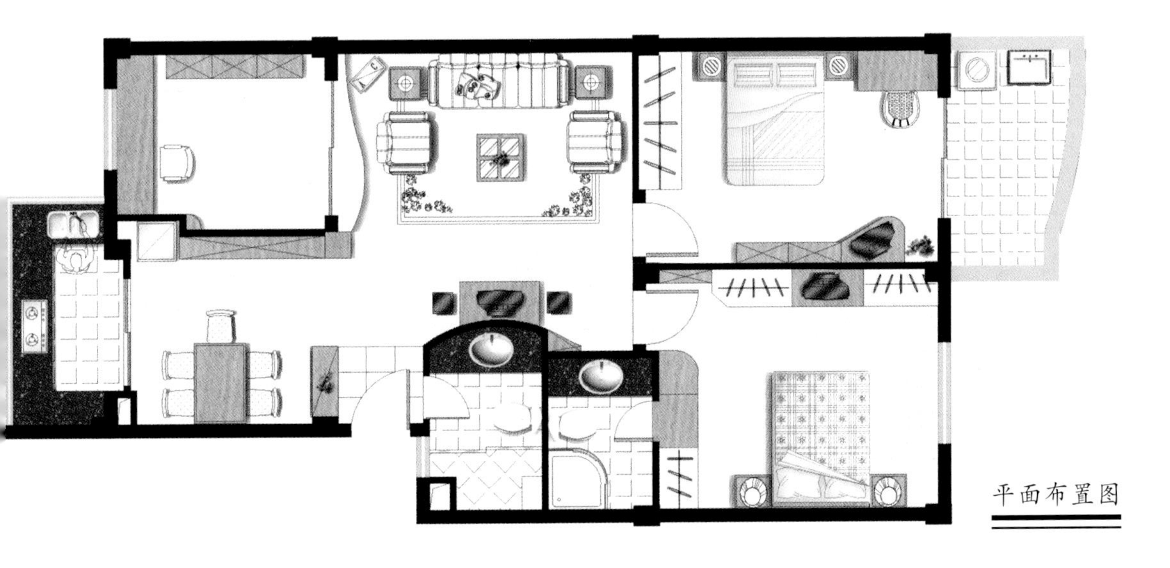

平面布置图

三居室 *餐厅的视觉*

家庭户型:三口之家
建筑面积:98m²
预算造价:6.3 万元
材料选用:樱桃木实木地板,玻化砖,海峡牌乳胶漆,艺术瓷砖,黑胡桃木,聚氨酯漆,奥维整体厨具

本案原建筑的采光和通风均符合居室的要求，布局也合理。设计师从功能方面考虑,在次卧室中挖一小角,作为储藏间,门朝客厅开。为了加强餐厅的视觉效果,营造一个立又宽敞的就餐空间,把厨房的门改向客厅开。地面采用玻砖,从入口门铺至储藏间门口,这样餐厅的视觉就变大了,厅也因地面的材质不同,从整体上更显现出现代气息。从入门靠墙边地面留出 20 厘米宽的鹅卵石装饰带，内藏蓝色带,当夜幕降临时,又是另外一番景致。

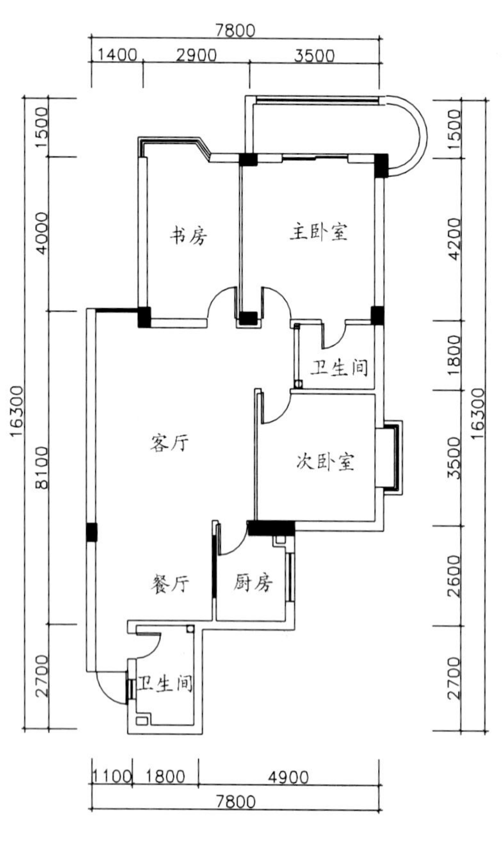

原平面图

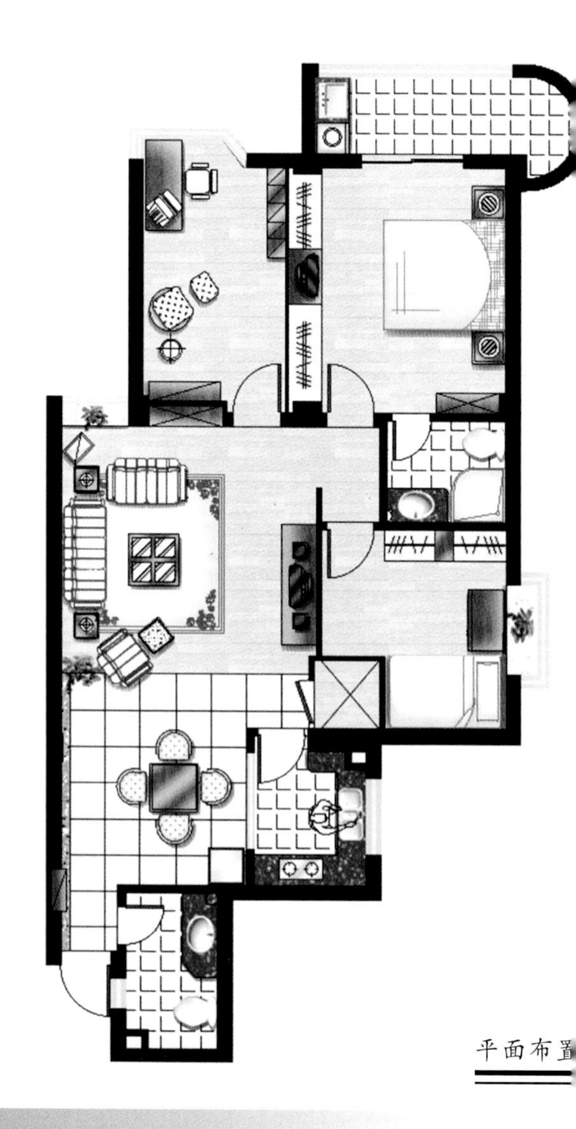

平面布置

像本案这样平整的居室，在设计时只需“略施小技”便可收到
想不到的效果。原建筑设计少了一个餐厅，客厅的墙面也比较
乱。故设计师首先从扩大餐厅入手，先把书房挖出一角，将墙面
成弧形的玻璃砖墙，采光好，装饰效果也好。书房的门改成推拉
。客厅卫生间门正对客厅，很不雅观，设计师将门开在门厅处，
门位作为电视柜背景墙就势设计成曲线形，电视柜也随此曲线
长，给人的视觉产生较大的冲击力。主卧室卫生间的门正对着
，同样很不雅观，于是将卫生间门转 45°方向开，给主卧室营造
个安定的休憩空间，同时抬高主卧室的地面，收口处也采用曲
形，多少带点浪漫气息。

家庭户型：三口之家
建筑面积：90m²
预算造价：6.8 万元
材料选用：枫木实木地板，ICI 乳胶漆，艺术瓷砖，白胡桃木饰面，聚氨酯漆，山西黑花岗石，防火板，鹰牌洁具

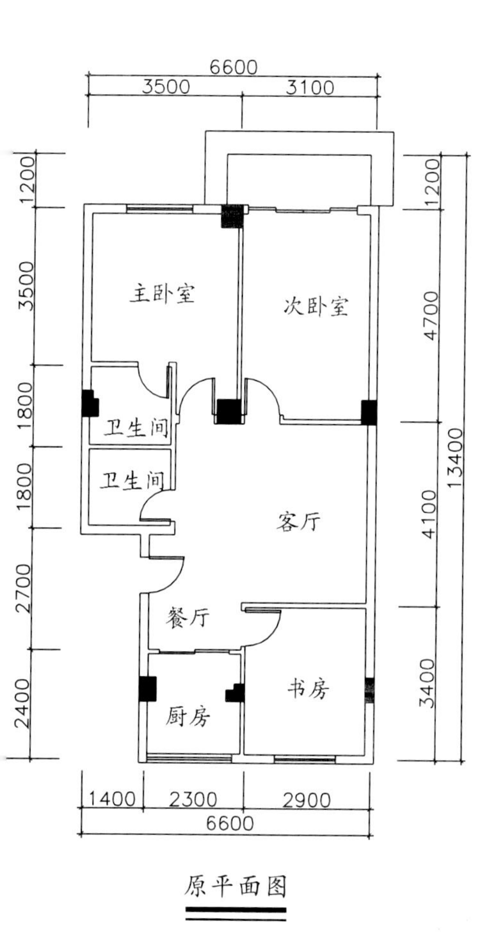

原平面图

平面布置图

家庭户型:三口之家
建筑面积:138m²
预算造价:9.8 万元
材料选用:金不换木地板,仿金花米黄色玻化砖,ICI 乳胶漆,艺术瓷砖,黑胡桃木,聚氨酯漆,美标三洁具

本案客厅宽大,且客厅的阳台外有极好的景致,每个区间
采光性能也很好。不足之处为:厨房、餐厅偏小,与整个居室不
称;另一处是卫生间门正对入户门,十分不雅。设计师便将餐
往客厅扩出,餐厅与客厅之间用 5 根实木立柱相隔,视线可以
过立柱,丰富了居室的空间层次。在入口门与卫生间门之间设
道屏风,靠墙部分是整片的冰裂玻璃,屏风本身用仿真石漆
面,有自然雅致的感觉。同时在客厅增加一个小储藏间,为了
储藏间的墙角不十分突兀,设计师大胆地采用折角的墙面,在
客厅折角前摆放细长形的雕塑,其所散发出的艺术魅力不言
喻。

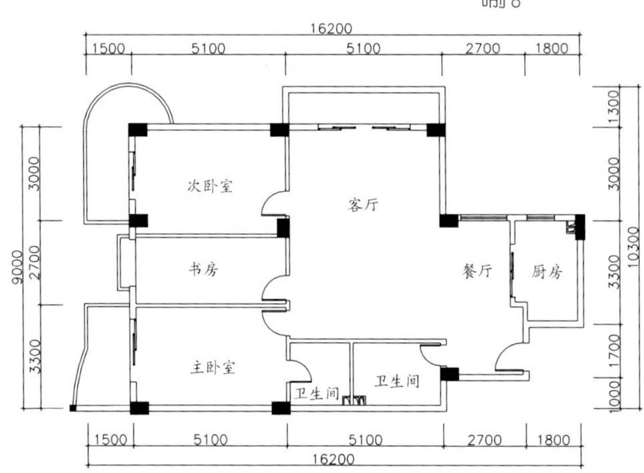

原平面图

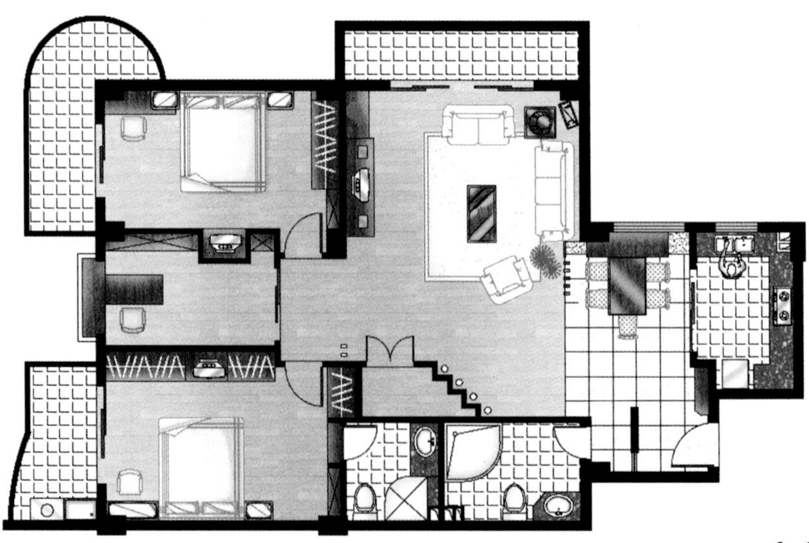

平面布置图

本案是一套典型的三居室住宅，功能齐全，并讲究动静分区的新观念。设计师保留了原建筑的布局，只对局部进行调整。厨房往餐厅挪出一些，朝餐厅处为备餐柜，厨房的门则相当有创意地作 45°开，与入口处的鞋柜一起给餐厅营造了一个独立的就餐空间。次卧室的小窗前做一个书桌，形成十分理想的读书空间。主卧室有独立的阳台，设计师为让主卧室能最理想地拥抱阳光，将阳台与主卧室合并，在靠窗处做一圈适于坐靠的矮柜，主人可以在午后享受阳光及阳光带来的温情。

家庭户型：三口之家

建筑面积：110m²

预算造价：8.3 万元

材料选用：金不换木地板，淡蓝色玻化砖，ICI 乳胶漆，外墙面砖，黑胡桃木，聚氨酯漆，山西黑花岗石，水晶板

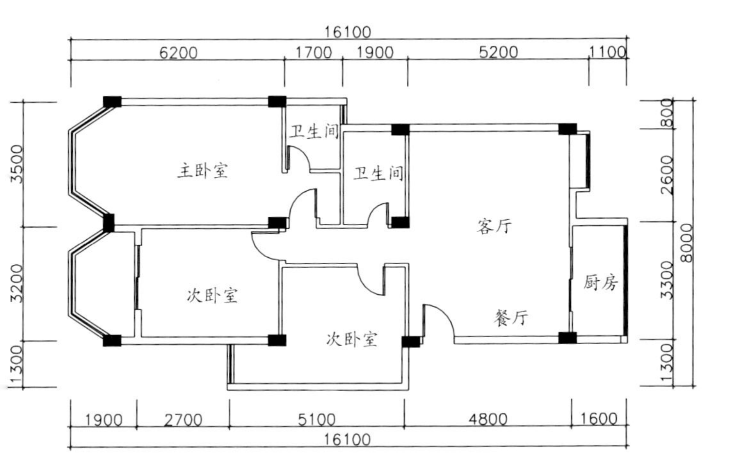

原平面图

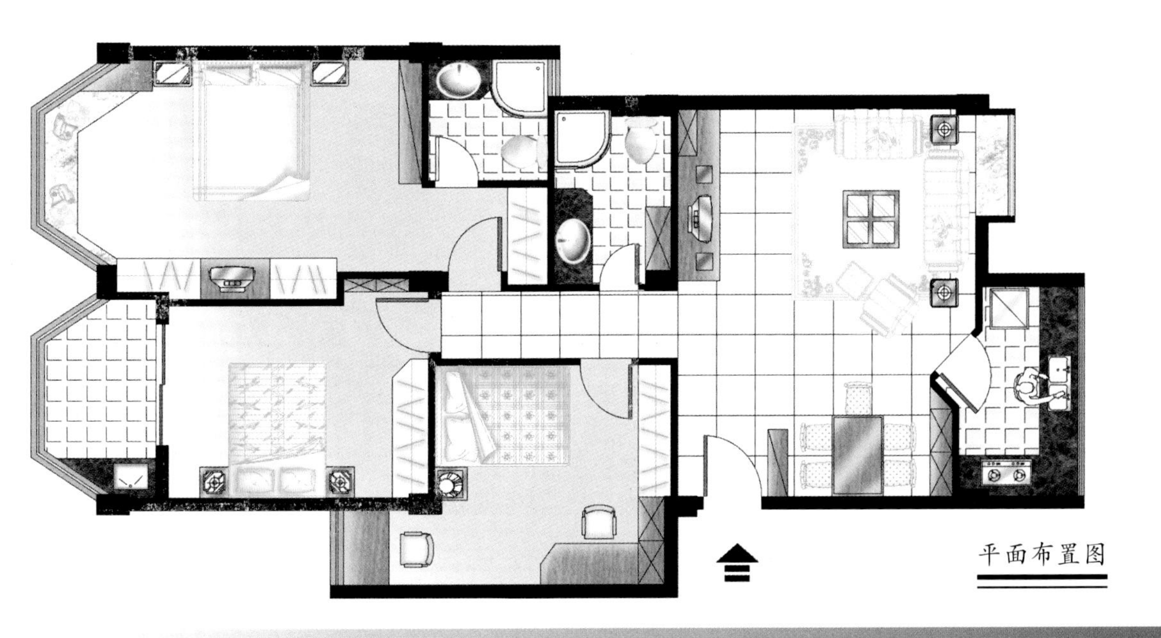

平面布置图

家庭户型：四口之家
建筑面积：$128m^2$
预算造价：10.3 万元
材料选用：复合金刚木板，玻化砖，海峡牌乳胶漆，瓷砖，胡桃木，聚氨酯漆

本案的布局中，餐厅的设计不很理想，动线有些零乱。因此首先要从改造餐厅入手，把厨房的门往客厅开，让餐厅独立出来。为让居室产生与众不同的感觉，设计师采用了一个半圆的设计思路，将餐厅设计成一个视觉的焦点，把卫生间与厨房的墙体做成圆弧形，并延伸出来，形成小玄关，让餐厅更加独立与完整。通往卧室的过道墙面使用玻璃砖，以增加采光。主卧室挤出一个衣帽间，让卧室更加简洁明快，同时也把卫生间隐藏起来。

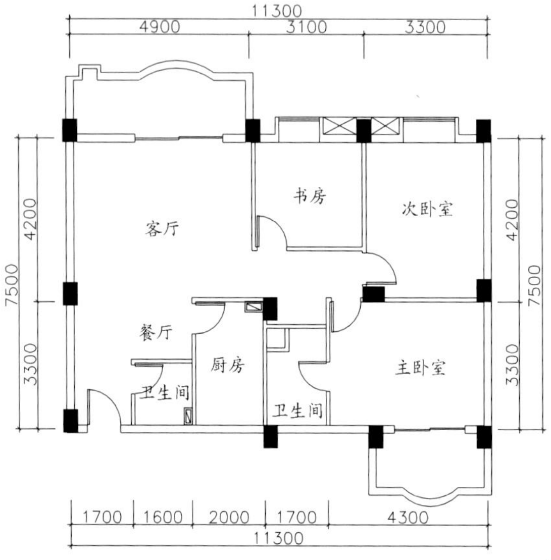

原平面图

平面布置图

本案在营造居室的整体氛围上，颇让设计师花了一些功夫。门厅的处理与众不同，正对门处是实木端景台；将客厅的卫生间扩大，并采用45°斜角墙，增加门厅的周转空间。在主卧室，利用卫生间与客厅之间的小空间做一个小更衣间；将与餐厅相连的卧室缩小，把结构立柱整根露出来，在卧室墙面与立柱之间形成通透的视觉效果，颇具想像力。为了方便厨房与餐厅之间的联系，在餐厅窗户边开了一个推拉门，既方便出入又很美观。

家庭户型：四口之家
建筑面积：136m²
预算造价：11.2万元
材料选用：柚木王实木地板，玻化砖，海峡牌乳胶漆，罗马艺术瓷砖，黑胡桃木饰面，聚氨酯漆，CUNZ整体厨具

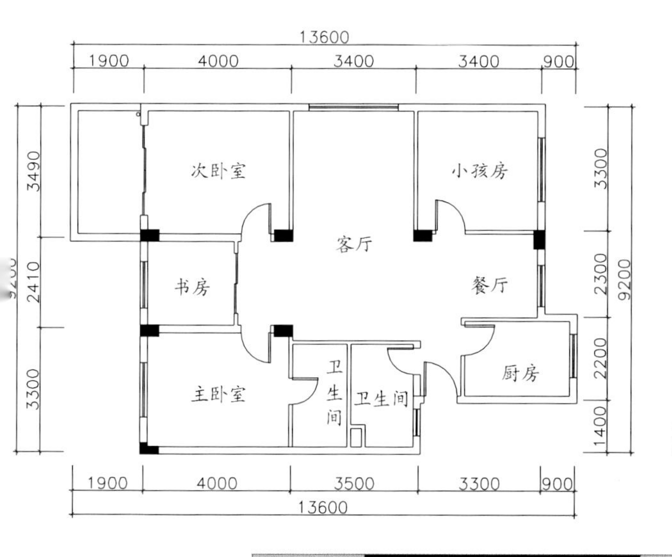

原平面图

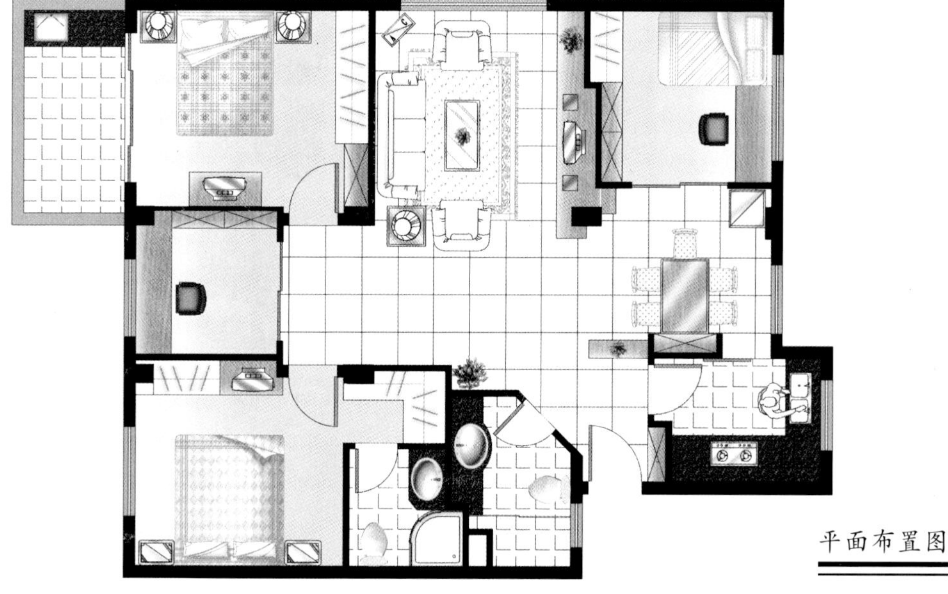
平面布置图

四居室 *完整的客厅*

家庭户型：五口之家
建筑面积：155m²
预算造价：12.5 万元
材料选用：樱桃木实木地板，玻化砖，海峡牌乳胶漆，艺术瓷砖，白胡桃木，聚氨酯漆，CUNZ 整体厨具

大面积的套宅房间多，而通道门多也成了居室装修的一个难题。本案中原卧室的门均往客厅开，使客厅成了交通的集散地，在使用功能上缺乏完整性，因此改造客厅成了本案的首要工作。可将朝南的主卧和次卧的门往书房开，书房则与室内阳台合并，同时留出一个门位通道，并使用推拉门；朝北卧室门改由餐厅开，餐厅与朝北室内阳台合并，成为开放式餐厅。这样客厅便有了两面完整的墙，其中一面墙放电视柜，另一面摆沙发，需要时还可进行调换。厨房的门也改由餐厅进，原门处另设计成鞋柜，卫生间与客厅相连的墙面为精品柜。

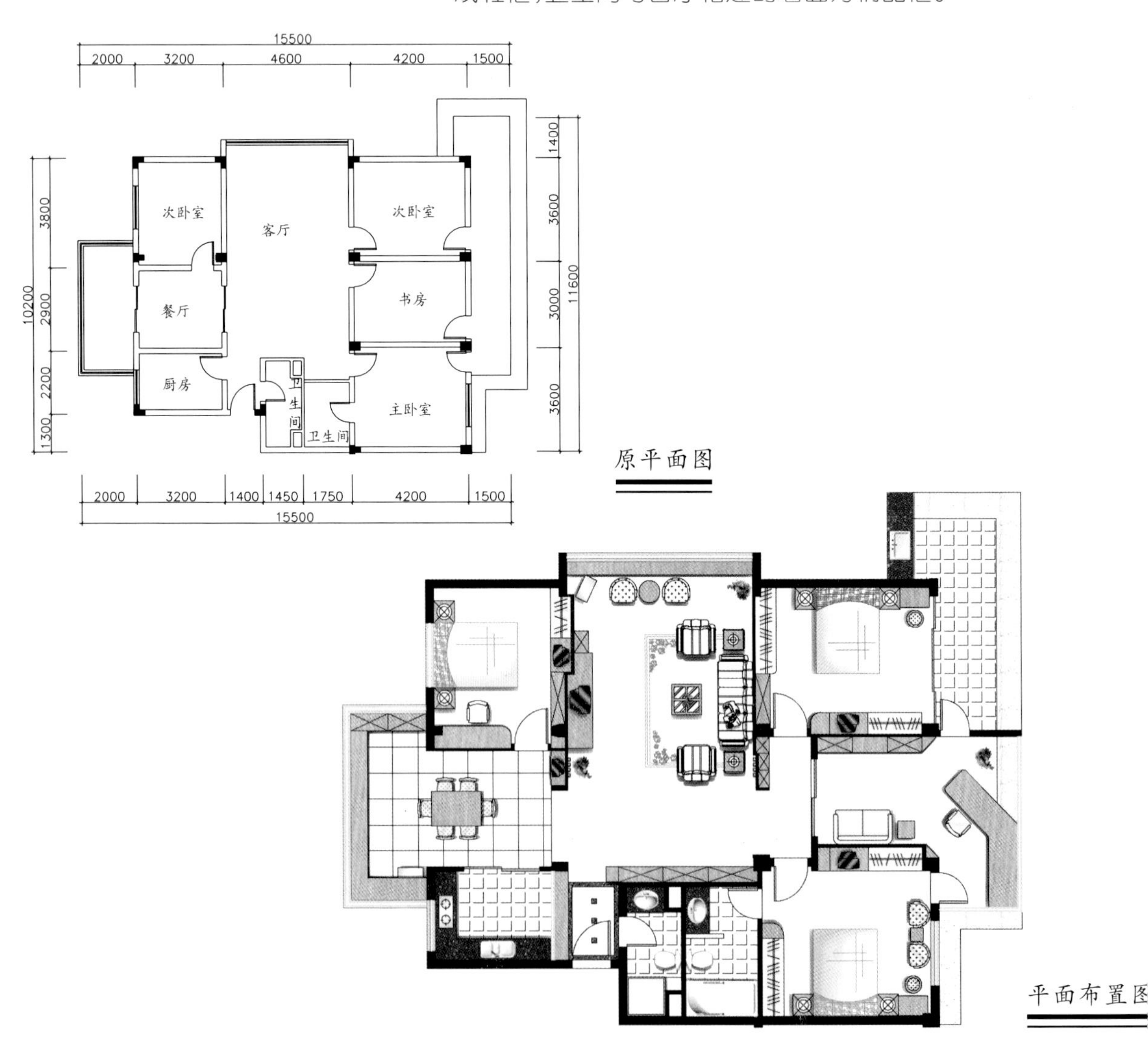

原平面图

平面布置图

本案是常见的四居室户型，业主要求设计师营造出与众不同的空间感受，而且每一个功能区给人的感觉就是要大而宽敞。于是，设计师首先将客厅卫生间往客厅处扩大，同时又在主卧卫生间与客厅之间形成一个小的储藏间。把书房的门改与客厅墙面取平，原推拉门改为双开门，两边卧室则直接由书房进出。原靠餐厅的卧室门改由另一个方向开，在原门位置处设一个端景台。厨房往餐厅扩出，为了保持餐厅的完整，设计师一改厨房的进门方式，采用中间固定玻璃砖墙，两边推拉门进入，这样，餐厅的餐桌可靠在固定的玻璃砖墙上，十分安定，又不影响两边的行走，可谓一举多得。

家庭户型：三口之家
建筑面积：146m²
预算造价：10.3 万元
材料选用：金不换实木地板，玻化砖，ICI 乳胶漆，白胡桃木，聚氨酯漆，蓝钻花岗石，蓝色防火板，TOTO 三洁具

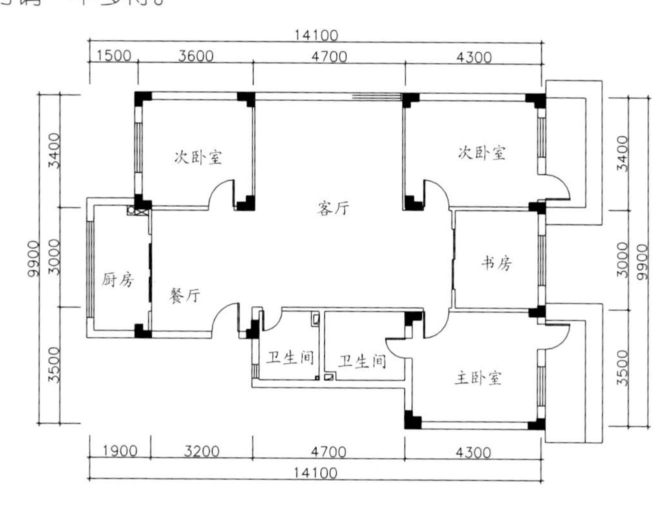

原平面图

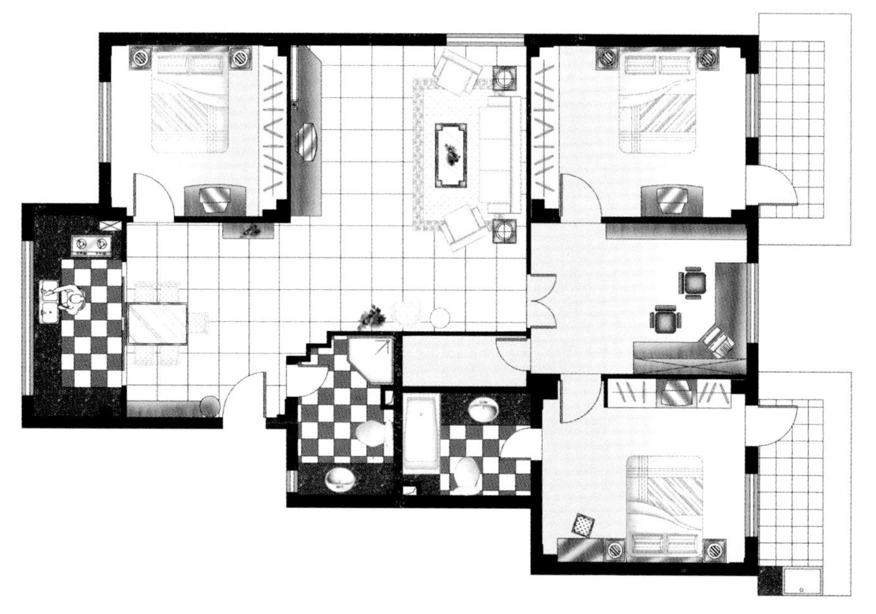

平面布置图

家庭户型:四口之家
建筑面积:150m²
预算造价:14.3 万元
材料选用:柚木王实木地板,印度红大理石,玻化砖,鹅卵石,ICI 乳胶漆,罗马瓷砖,黑胡桃木饰面,聚氨酯漆,科勒三洁具

流线型的布局往往能给人以优雅的感觉。本案在入口门厅处将厨房和小孩房与餐厅相连的墙处理成弧形，意在扩大入口门厅的空间,同时传达一种不落俗套的优雅感受,让人在顾盼流连之中领略优质生活的内涵。门边悬式鞋柜和弧形墙的铁艺端景台,造型独特,质地精良,将美观与实用结合得天衣无缝。客卫的门改由中间进入,原卫生间门位设计成为景观墙面,入口视线由鞋柜、端景台顺次推移,完成一次视觉升华的过程。将朝南卧室与客厅合二为一,是主人对生活档次高要求的又一力证。宽大的厅、宽松的生活状态,一切都那么的自由、适度和从容。

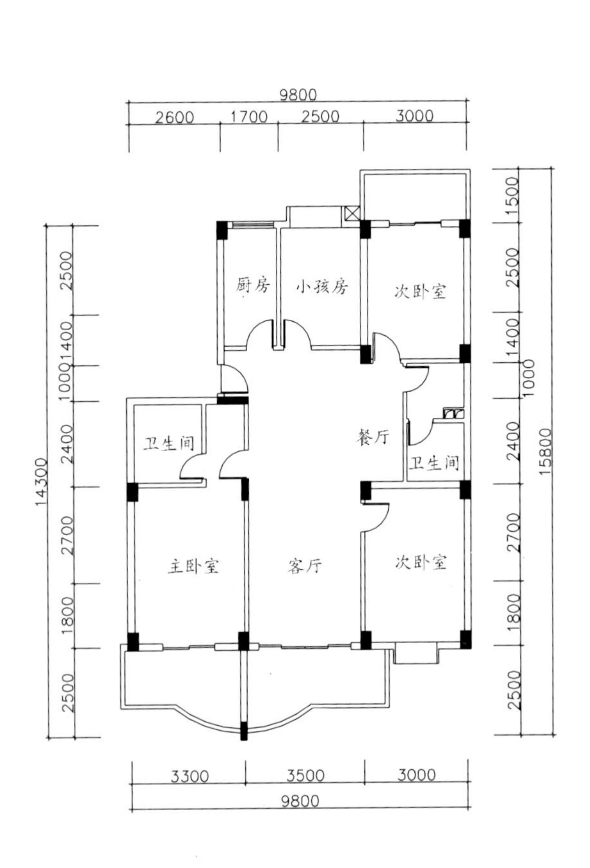

原平面图

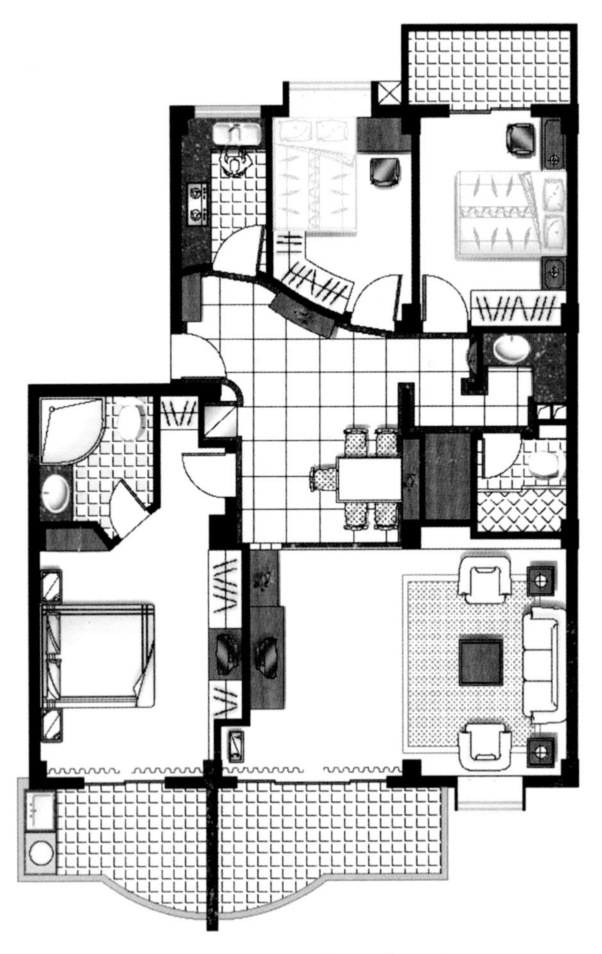

平面布置图

为了让居室变得有个性、有创意，本案设计师在对客厅的设计中，颇花费了一番心思。首先是让区域各自完整、独立，将主卧室门与小孩房门改由书房进入，这样把卧室门隐蔽起来，客厅相对完整；朝北客房门改由客厅进，餐厅便独立了；再通过玄关、鞋柜，把玄关区划分出来，让各个区域功能明确起来。接着便是客厅的设计，设计师先把客厅与卫生间之间的墙改为弧形墙，让原本规整无奇的居室顿时变得生动起来。电视柜靠在弧形墙面上，墙面则以简洁的实木压条进行装饰，并配上柔和的灯光；客厅与客房之间设计成干景区，粗犷的原木墩和细腻的鹅卵石，长势良好的龟背竹，还有精美的水族箱，无不在述说着人与自然的关系。

家庭户型：五口之家
建筑面积：128m²
预算造价：9.2 万元
材料选用：金不换实木地板，玻化砖，海峡牌乳胶漆，艺术瓷砖，白胡桃木，聚氨酯漆，奥维整体厨具

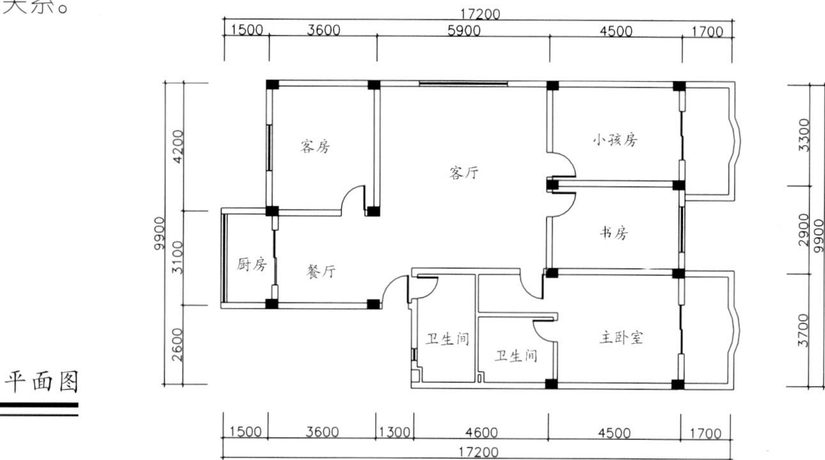

原平面图

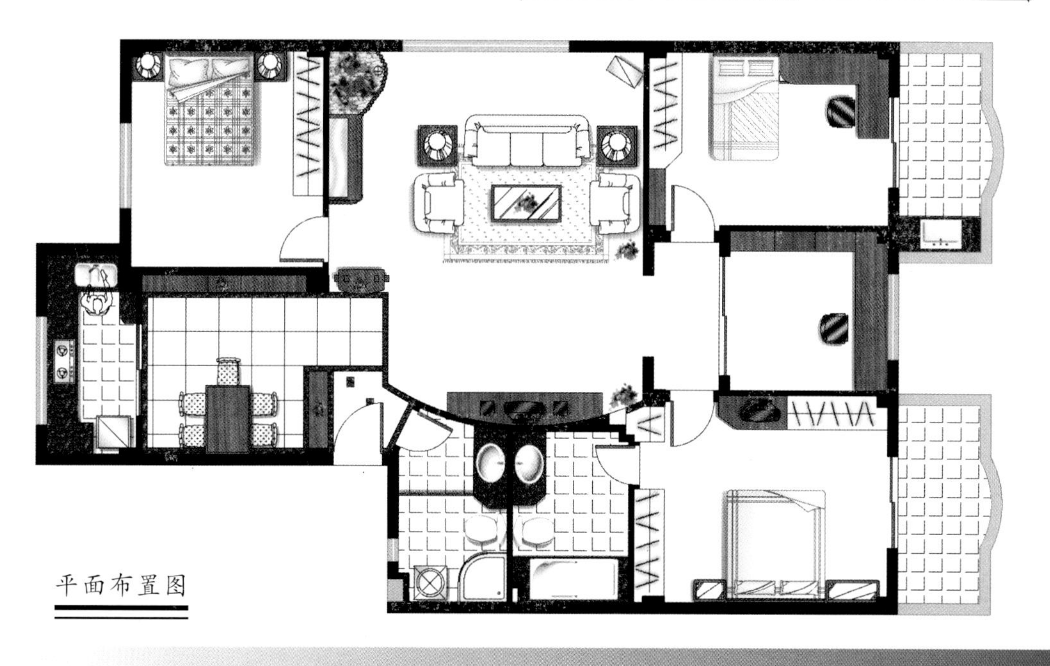
平面布置图

四居室 *独立出来的立柱*

家庭户型：两口之家
建筑面积：156m²
预算造价：15.8 万元
材料选用：柚木王实木地板，罗马瓷砖，ICI 乳胶漆，暗花艺术壁纸，细木工板，白色聚氨酯漆，欧典整体厨具，科勒三洁具

艺术家讲究个性，艺术家的居室同样讲究个性。本案业主是位作曲家，他希望自己的家与众不同，同时他喜欢欧陆浪漫风格的装修。于是设计师据此对居室进行大胆而富有诗意的布局。首先将平常人们隐藏不露的结构立柱独立出来，围绕圆柱做同心圆形走廊，并把立柱设计成欧式风格的廊柱，使客厅多了一道独特的景观。原餐厅改为带和式风格的休闲区，交界处为欧式铁艺凭栏。原书房改为琴室，供主人创作使用。圆弧墙面上为圆弧形的精品展架，在创作之余可以欣赏珍藏的工艺品，以激发创作灵感。将两卧室合并成一间主卧，营造宽大、闲适、放松又具有浪漫气息的休憩空间。家具选用意大利经典名牌，意在营造一种纯正的欧陆浪漫风情

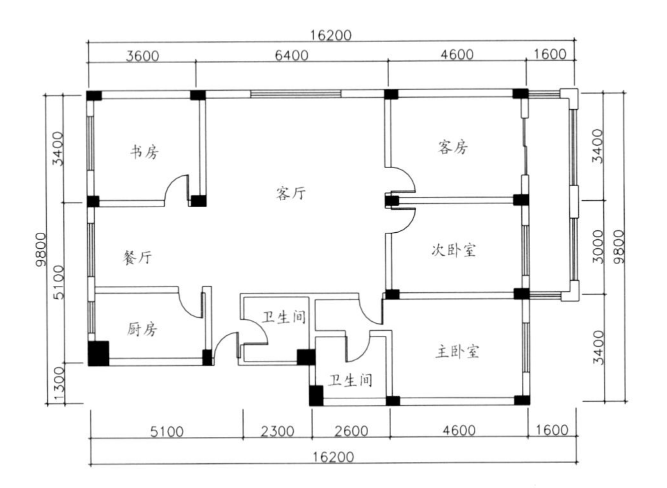

原平面图

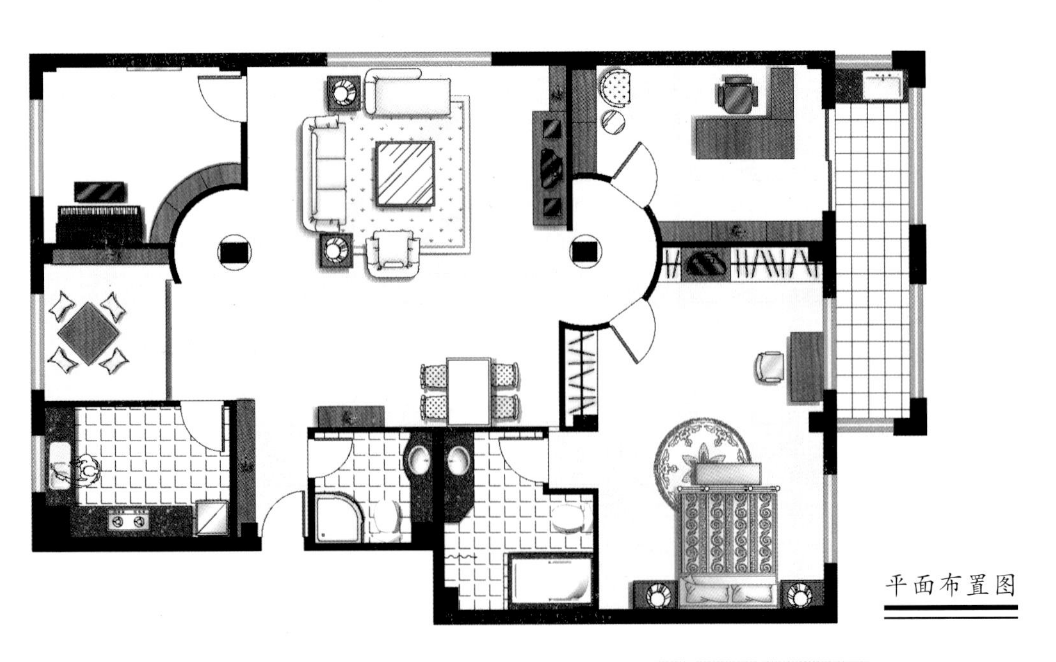

平面布置图

本案保持了原建筑中卧室的布局，对卫生间进行了一些改动。将主卧卫生间缩小一点，在卫生间墙与主卧立柱之间留一个门的位置；并在主卧卫生间与客厅之间，设计一个小的更衣间；朝客厅的墙面采用折角的手法，将折角设计成客厅景观的一部分。娱乐室与客厅之间为全透明的玻璃隔断，让视线有一种穿越的感觉。在书房门通道前设计一个精品橱，朝向客厅，在精品橱前放置两张宝石蓝的休闲小沙发，使整体环境十分醒目又很和谐。厨房面积扩大后，餐厅变小了，因此设计师延长了靠餐桌的墙体，扩大了餐厅的空间，同时还起到了遮挡户外视线的作用。餐厅地面铺设的玻化砖延伸至客厅，并以“S”形收边，让整个客厅的空间顿时灵动起来。

家庭户型：三口之家
建筑面积：148m²
预算造价：11.5万元
材料选用：樱桃木实木地板，玻化砖，海峡牌乳胶漆，艺术瓷砖，白胡桃木饰面，聚氨酯漆，CUNZ整体厨具

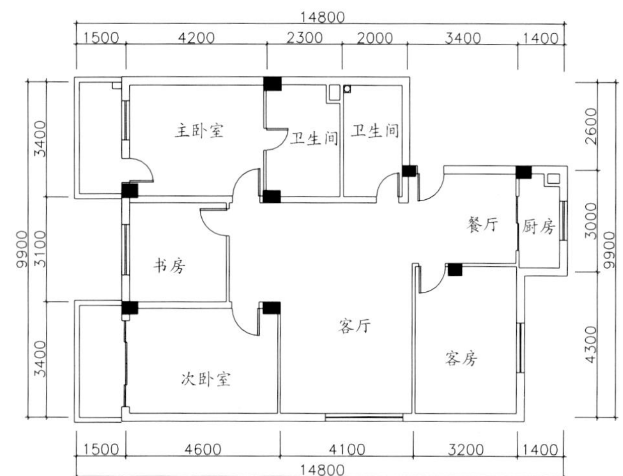

原平面图

平面布置图

四居室 *开放式的活动空间*

家庭户型：四口之家
建筑面积：162m²
预算造价：13.2 万元
材料选用：柚木王实木地板，雪花白色玻化砖，ICI 乳胶漆，罗马艺术瓷砖，黑胡桃木，聚氨酯漆

本案的业主十分喜欢宽敞的客厅，同时，也接受了设计师将娱乐室改为敞开式的建议，让整个动区处在一个开放和谐的空间状态下。为让门厅更加独立，同时门厅又是进出居室的换鞋区，因而设计师将客厅卫生间的门改由餐厅进。娱乐室的墙体全部拆除，并将地面抬高，在与餐厅相连处设计一个吧台，既起分隔作用又给人温馨亲切的感觉；与客厅相连处为铁艺栏杆相隔，端坐在娱乐室内颇有些安逸的滋味。主卧室的卫生间隔出一小部分作为小衣帽间，空间紧凑又实用。

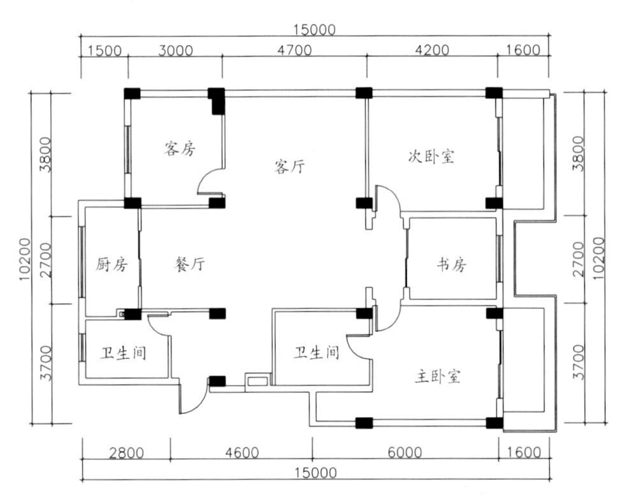

原平面图

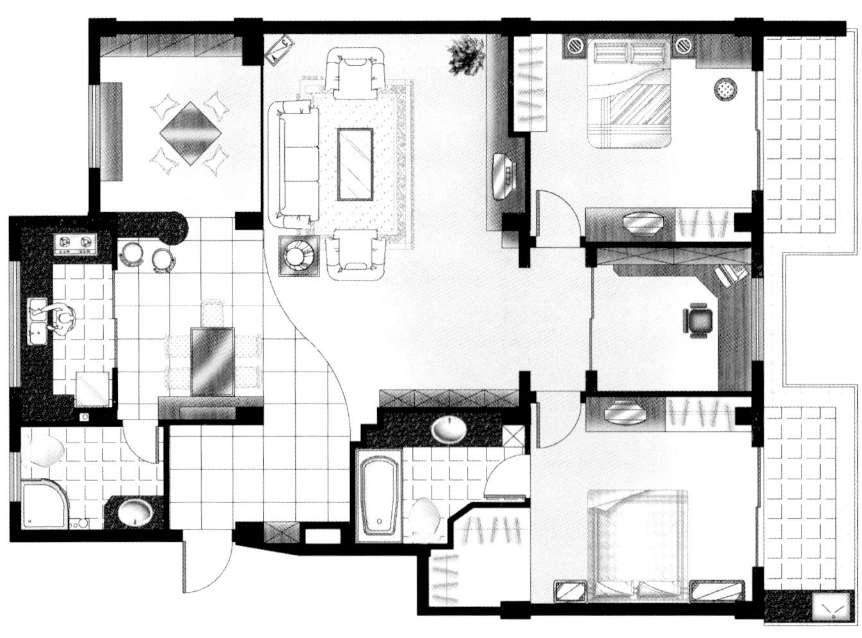

平面布置

像本案这样的四居室户型是比较理想的。它的布局合理，动线
畅，活动区与休息区完全分开，互不干扰，不足之处为餐厅比较局
。设计师在整出一个比较宽松的餐厅时，也无意中造就了一个特
的曲线通道，颇有些别具一格。娱乐室使用双开门，比起推拉门显
更有气势。在餐厅与客厅之间，用几根实木小方柱相隔，暗示了空
，又不影响通透的视觉效果。入口门处的玄关区设计成圆形，正面
采用实木小方柱装饰，正中间部分嵌饰冰裂玻璃。粗粝的玻璃裂
与细致坚实的方柱之间形成鲜明的对比，营造出现代的家居气
。

家庭户型：三口之家
建筑面积：156m²
预算造价：13.2 万元
材料选用：柚木实木地板，玻化砖，立邦漆，罗马艺术瓷砖，黑胡桃木，聚氨酯漆，欧典整体厨具，科勒三洁具

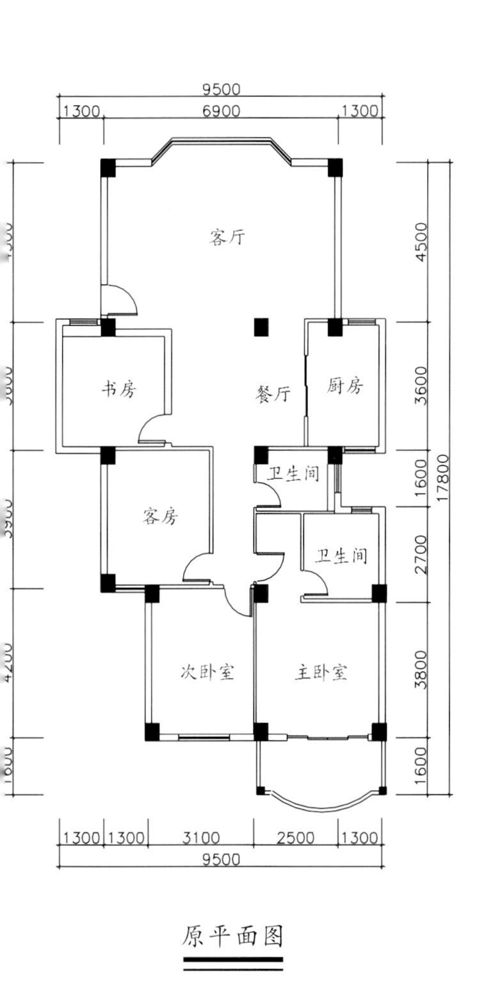

原平面图

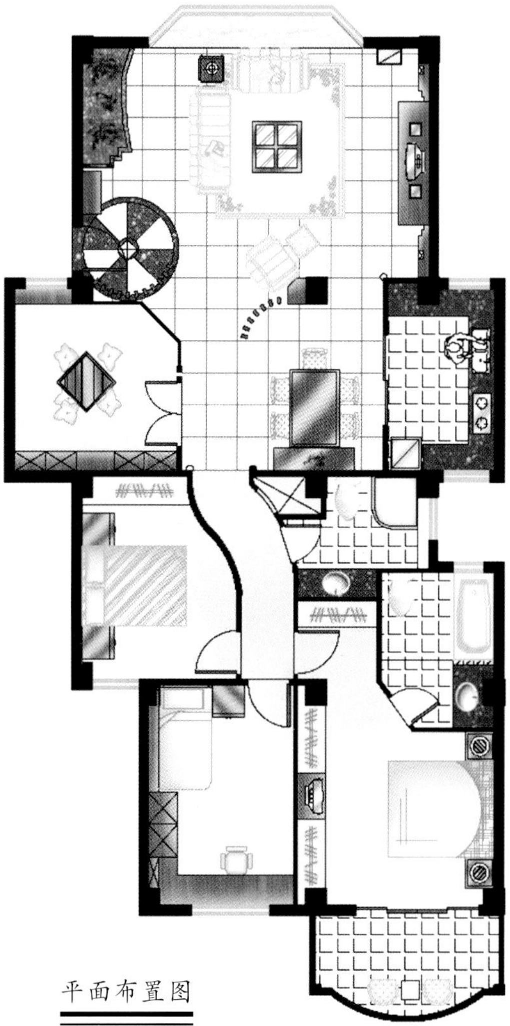

平面布置图

四居室 *圆形的玄关*

家庭户型：两口之家
建筑面积：148m²
预算造价：13.8 万元
材料选用：紫檀实木地板，金花米黄大理石，大花白大理石，罗马瓷砖，美国大师牌乳胶漆，黑胡桃木，聚氨酯漆，CUNZ 整体厨具，科勒三洁具

本案业主是位著名的编辑，在忙碌的编辑工作之后，希望到自己的新居里能得到充分的放松。设计师考虑到大部分时里只有业主夫妇两人居住，便将两间卧室合并成主卧室。且先客厅通过两扇大平开门进入书房，再进入主卧室，两个卫生间客厅扩出，隔墙采用优雅的弧形，靠客厅处由白鹅卵石、植物成的干景区，墙上饰以粗粝而又极有人文气息的文化石。居室口处，设计了一个全圆的玄关区，正面为实木立柱，中间嵌饰裂玻璃；地面采用整片大花白大理石全圆地面，靠门边镶饰部印度红花岗石，取“开门红”的寓意。

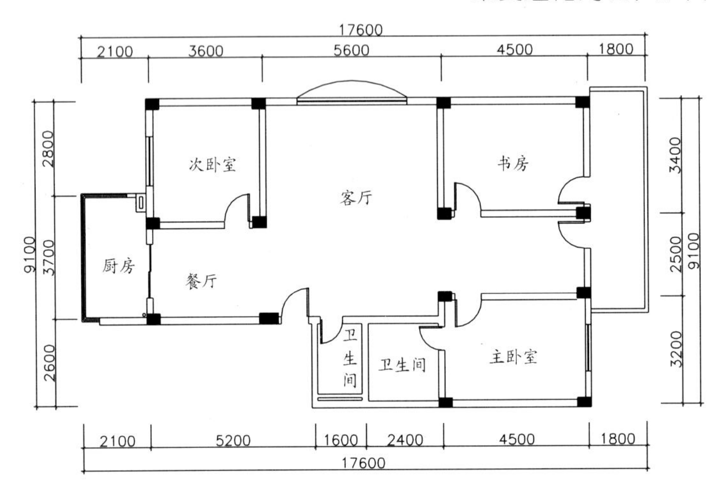

原平面图

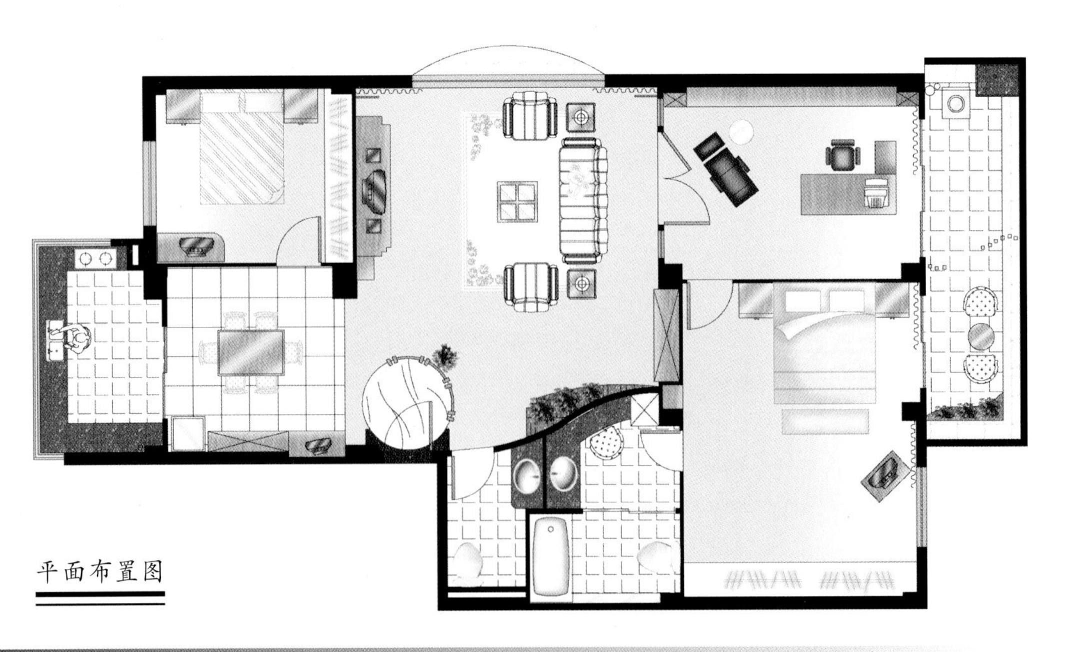

平面布置图

本案的业主一家三代同堂，因此要求卧室要多，这对设计师来并不是件简单的事。因为既要保证每个卧室有足够的活动空间，要有适量的储衣空间，设计师在此间对空间“东挪西凑”，可谓小作不少。首先将老人房往客厅挪出，考虑到与之相连的卧室入口有宽敞的空间，特意将隔墙设计成“S”形，这样即安排了老人房衣橱，又给卧室一个相当完美的装饰效果。次卧室的写字台也做波浪形，与墙面相协调。将主卧室与次卧室相连的入口处墙设计45°斜角，以方便进出。次卧室的衣橱在靠门一边也设计成45°斜在增加空间感的同时也方便走动。

家庭户型：六口之家
建筑面积：152m²
预算造价：13.6 万元
材料选用：黄檀木地板，玻化砖，ICI 乳胶漆，罗马艺术瓷砖，黑胡桃木，聚氨酯漆，CUNZ 整体厨具，TOTO 三洁具

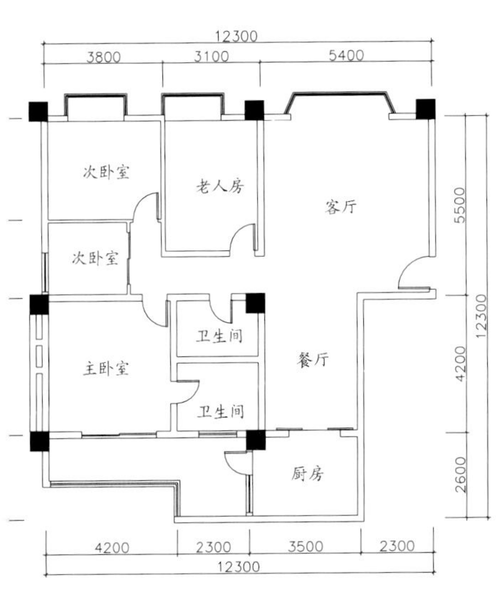

原平面图

平面布置图

家庭户型：三口之家
建筑面积：$153m^2$
预算造价：12.6 万元
材料选用：柚木实木地板，软木地板，玻化砖，ICI 乳胶漆，黑胡桃木，聚氨酯漆，美标洁具

将居室的功能进行细致的再划分，本案即是一个典型的
子。首先是对厨房、餐厅、卫生间门厅进行功能性的调整，将厨
缩小，卫生间门改 45°斜角向餐厅开；原餐厅则再划分出客房与
厅两大功能空间，同时还形成一个长而气派的门厅长廊。接着
对客厅与卧区进行调整，先将卧室改由衣帽间前进出，让客厅
齐而宽敞，不受视觉的干扰；再扩大主卧卫生间，使居室更加
派。衣帽间的门由主卧室进，体现了主人对现代储衣观念的认
与客厅相连处为茶室，将地面抬高，并铺上软木地板，端坐其中
可品味在家休闲的乐趣。

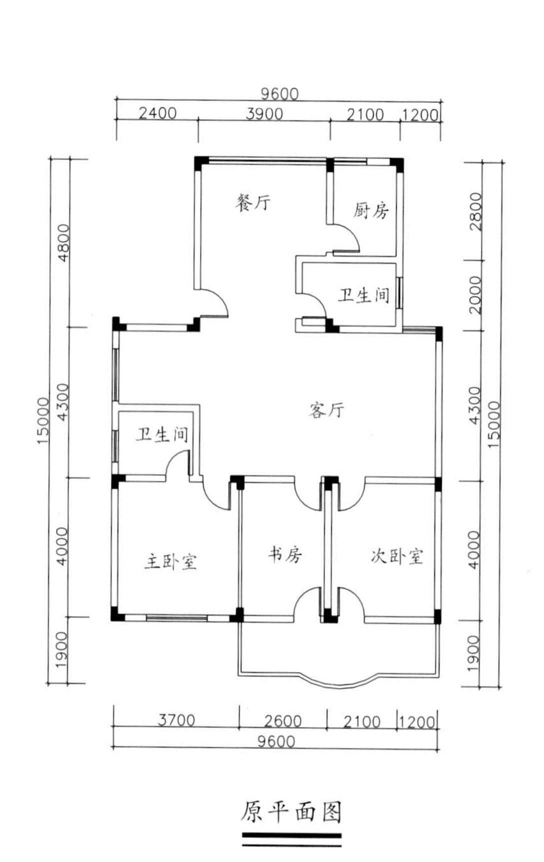

原平面图

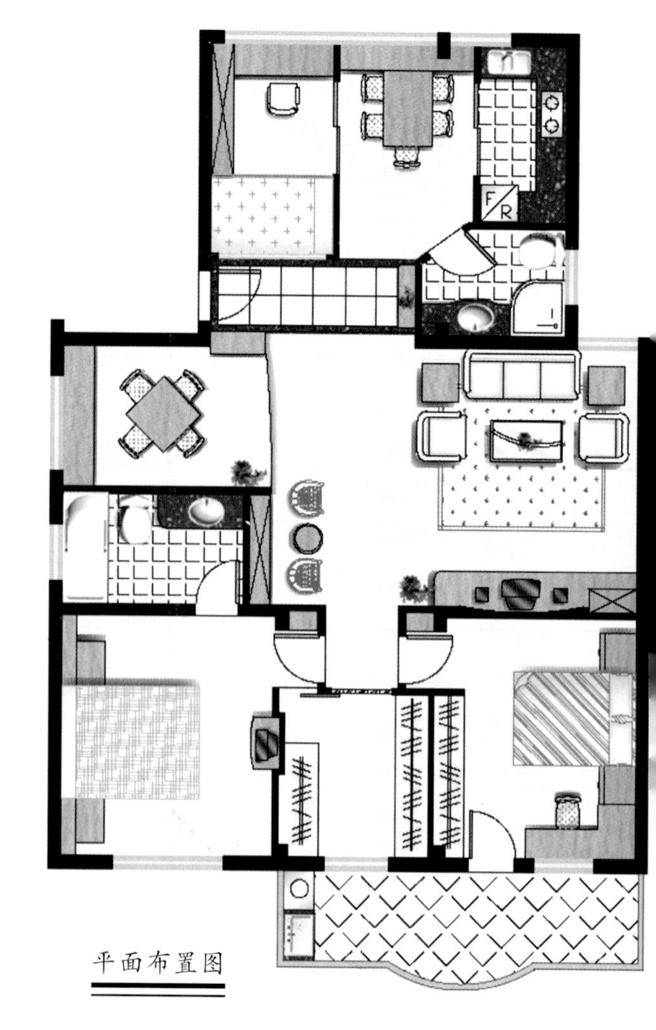

平面布置图

本案在功能要求上，讲求功能区间的多样化及其独立完整。将厨房和餐厅合并，形成敞开式的厨房空间，并使用现代化的房设备。餐厅与门厅相隔处为长条形鞋柜，并在门厅设立玄关，挡视线，增加居室的私密性。与厨房相连的为书房，书房内放置张坐卧两用的沙发，有客人时权当客房使用。主卧卫生间往客卫生间移，腾出一个小的衣帽间。两个卧室之间设计成和式的乐室，供主人平时打牌、对弈、聊天之用。

家庭户型：四口之家
建筑面积：135m²
预算造价：12.6 万元
材料选用：柚木实木地板，玻化砖，海峡牌乳胶漆，黑胡桃木，聚氨酯漆，CUNZ 整体厨具，科勒洁具

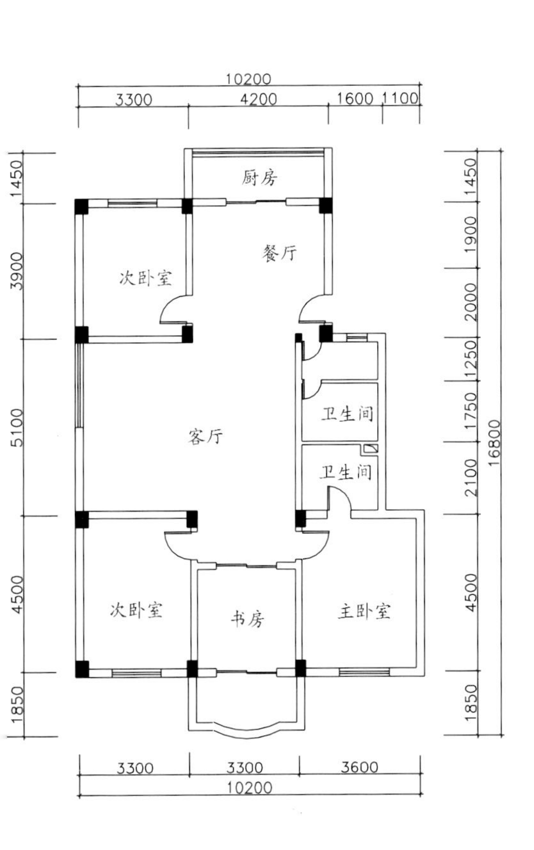

原平面图

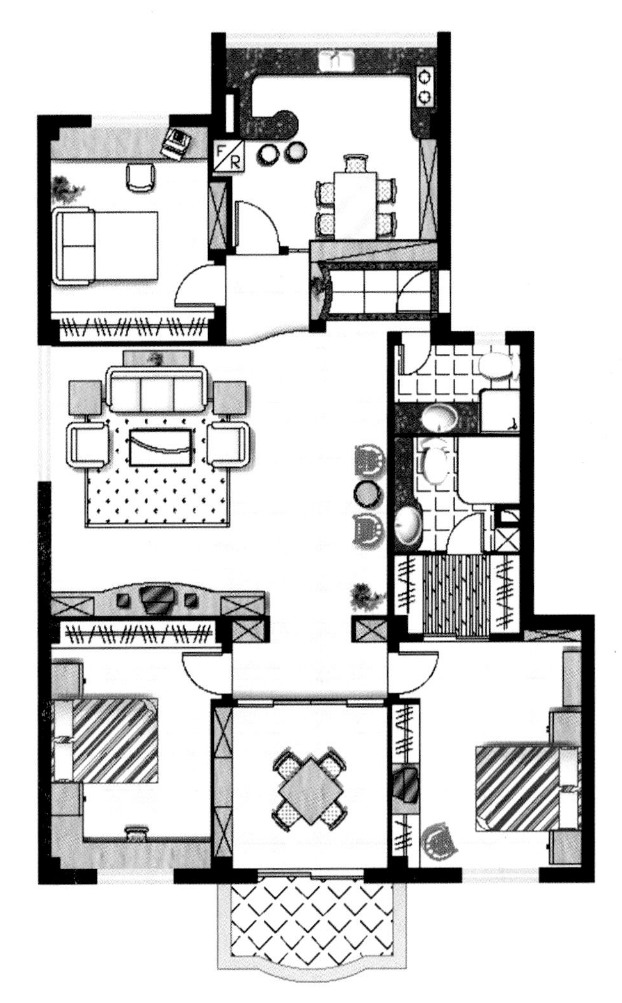

平面布置图

多居室 *阳台处的假山*

家庭户型：三口之家
建筑面积：160m²
预算造价：14.6 万元
材料选用：柚木实木地板，玻化砖，黑胡桃木，聚氨酯漆，CUNZ 整体厨具，科勒洁具

本案设计在保留卧区的完整性时，尽量将活动区的空变大。将原小孩房拆除，成为开放式餐厅，原餐厅与厨房合为一。在正对入口处设玄关。原客厅卫生间门过于暴露，为使卫生间隐蔽些，将客厅电视柜墙面设计成圆弧形，沙发背也相应做成弧形。在次卧室、客厅与阳台的交角处则是设计的神来之笔，在沙发背景墙处开窗，可以观赏到阳台深入室部分的假山。次卧室也开一扇固定窗，也可观赏到假山的致，同时假山的设计还增加了居室的层次。在靠电视柜的墙则是长形的吧台，吧台上为悬挂式精品橱。

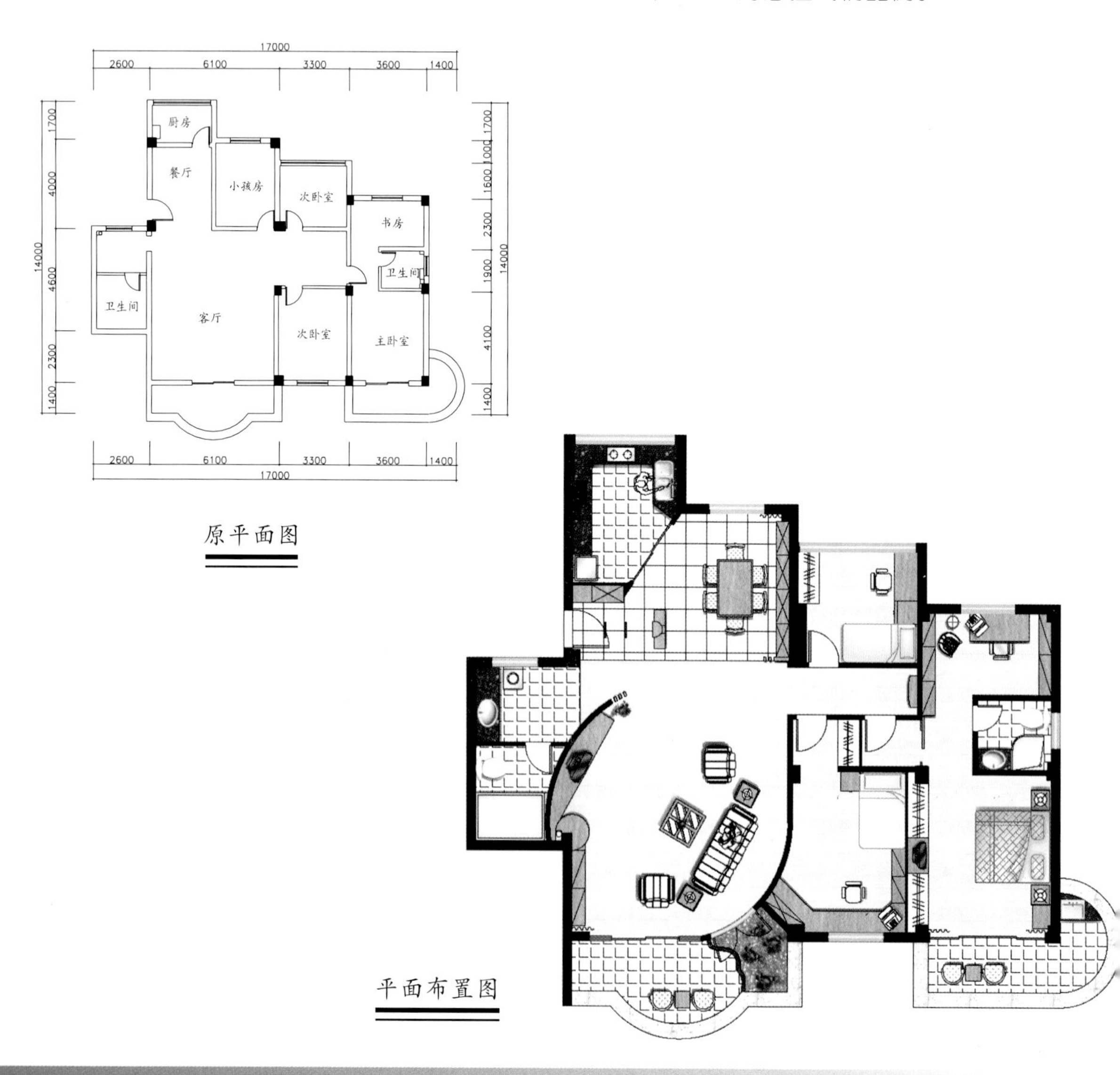

原平面图

平面布置图

这是两套小面积单元房合并在一起的居室，原有结构除卧室外，每个功能区都十分狭小，因此在房子合并的基础上，功能区间也要进行合并整形，使之达到业主的使用要求。将左边的厨房、餐厅连同小阳台合并，成为一个厨房；将右边厨房餐厅连同阳台合并，做成一个书房；阳台处为干景区，以缓解读书的压力。将右边其中一间卧室改造成餐厅，并将阳台设计成娱乐室。原有两个入口门现改为只由左边进，门口正对处为一个鞋柜端景台。

家庭户型：三口之家
建筑面积：130m^2
预算造价：8.2 万元
材料选用：金不换实木地板，外墙砖，黑胡桃木，聚氨酯漆，石榴红花岗石，防火板，美标洁具

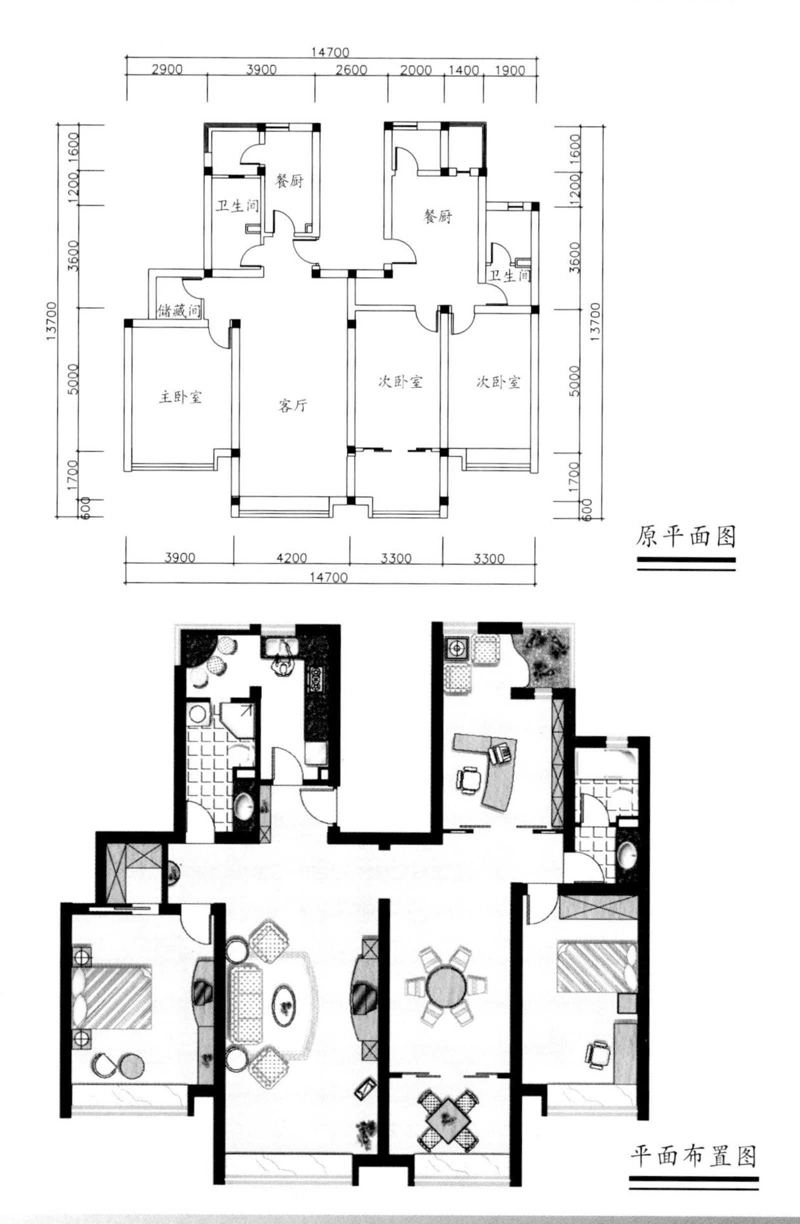

原平面图

平面布置图

家庭户型：五口之家
建筑面积：$162m^2$
预算造价：12.9 万元
材料选用：金不换实木地板，玻化砖，ICI 乳胶漆，黑胡桃木，聚氨酯漆，绿钻花岗石，防火板

这是一套并不常见的户型，其弧形是整个居室的特点。弧形
房子，使用面积一般都比较浪费，如何让居室的每一块地都充分
利用起来，不是件容易的事。本案的另一特点是靠弧形处皆为室
阳台，因此设计师把室内阳台都纳入室内。将卧室的门往两边开
给客厅一个既比较完整又大的墙面，同时营造了独立的客厅空间
餐厅与客厅也相连通，在视觉上整个居室显得更大了。

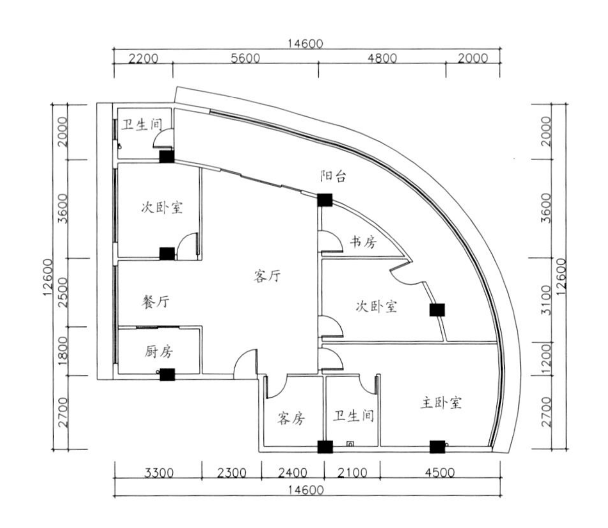

原平面图

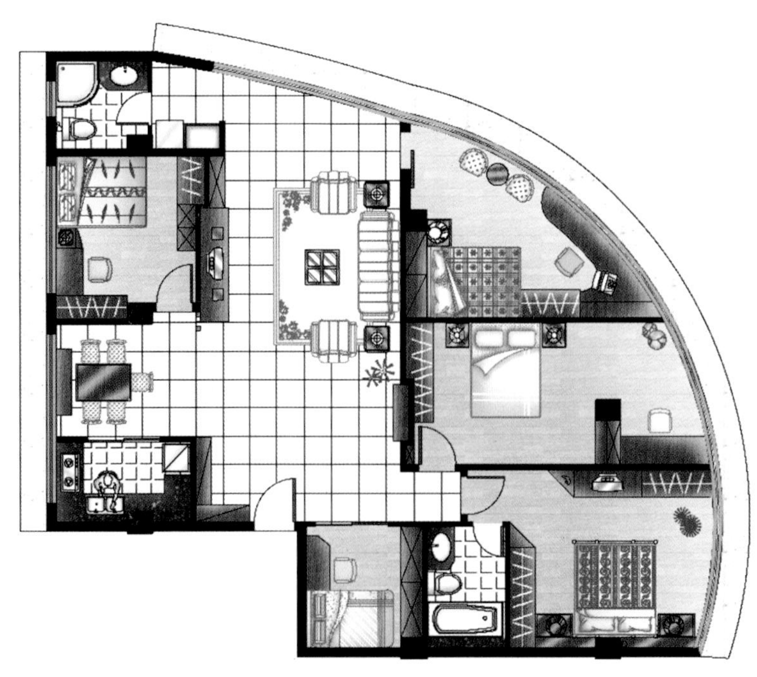

平面布置图

本案的建筑设计在布局上比较合理完善，体现了错层结构的基
设计理念:动静分区。不足之处为餐厅偏小,与入口门厅相挨太近,
之区域独立性,同时采光不足。因此设计师的主要布局调整也由此
手——将餐厅往厨房扩充,与门厅相连处做鞋柜,使得分区明确。
厅与客厅之间则处理成精品橱,采用全透明玻璃,增加空间的通透
,同时又使居室在视觉上不受原墙壁的局限。为避免餐厅立柱独立
对走廊,运用“S”形落地屏风,屏风为大红色木�栅,以增添居室的
悦气氛。

家庭户型:四口之家
建筑面积:128m²
预算造价:11.2 万元
材料选用:柚木王实木地板,大花白大理石,玻化砖,海峡牌乳胶漆,实木饰条,外墙瓷砖，黑胡桃木饰面，聚氨酯漆,银灰色铝塑板,水晶板,山西黑花岗石

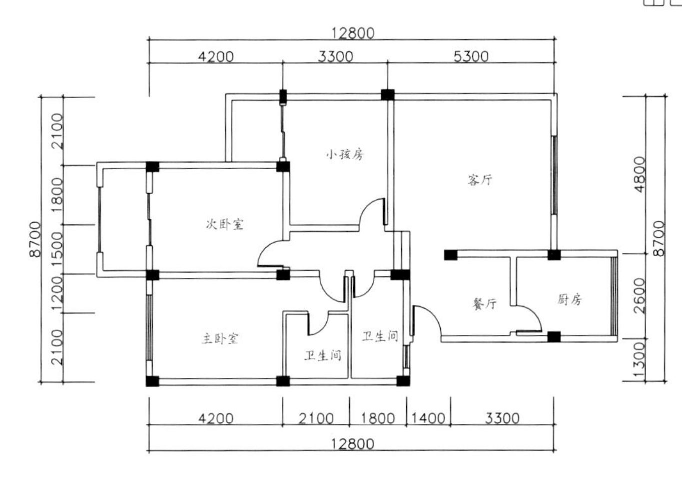

原平面图

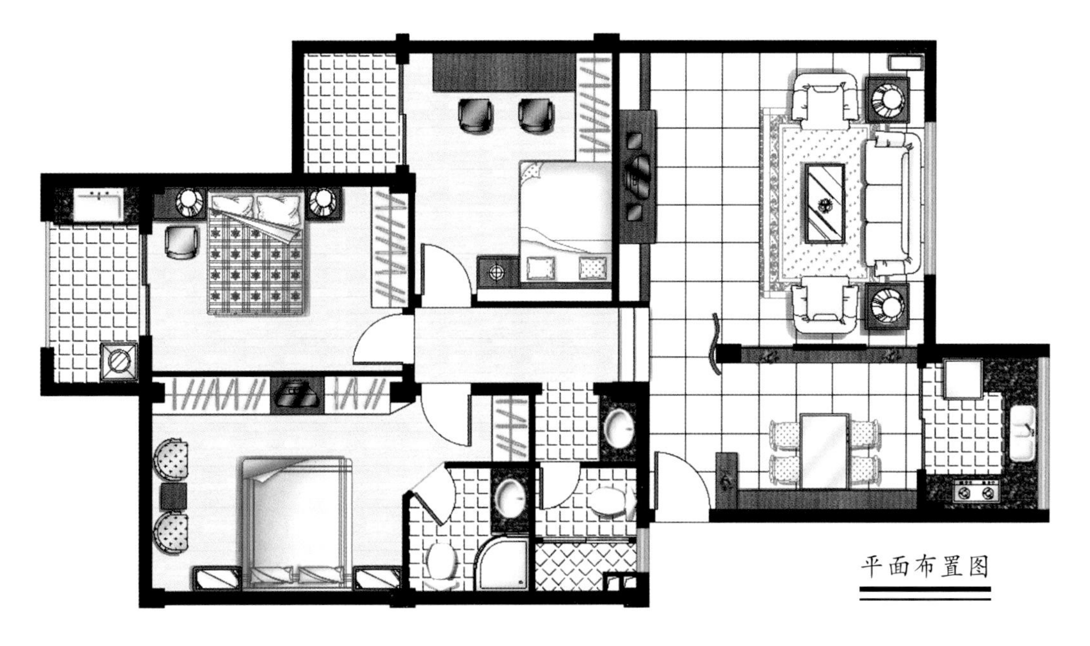

平面布置图

错层 *延长的动线*

家庭户型：三口之家
建筑面积：135m²
预算造价：11.3 万元
材料选用：樱桃木实木地板，玻化砖，海峡牌乳胶漆，艺术面砖，黑胡桃木，聚氨酯漆饰面，山西黑台面，水晶板

和园林建造一样，曲径通幽的手是以延长动线来拉动景观的变化和入。居室的动线在适当时延长，也可收同样的效果。本案的设计就是借鉴传园林的手法，使居室在动线的蜿蜒中得全新的阐释。入口门正对面设玄关，变入室时的一览无余；同时将入卧区楼梯台阶改由设计后的餐厅处上，这由玄关区进入，穿过整个客厅，再拾阶上入卧区，卧区按客房、次卧室、书房（乐室）再到主卧室安排，动静分区明显同时又在动线的延长中按业主日常生的顺序有序地相连。

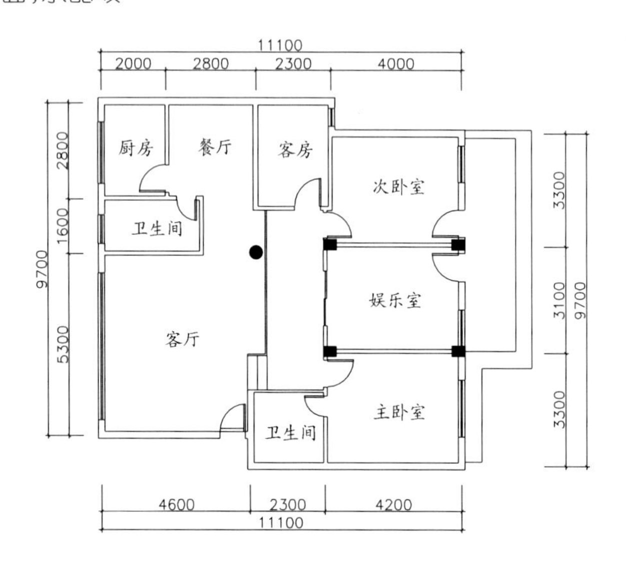

原平面图

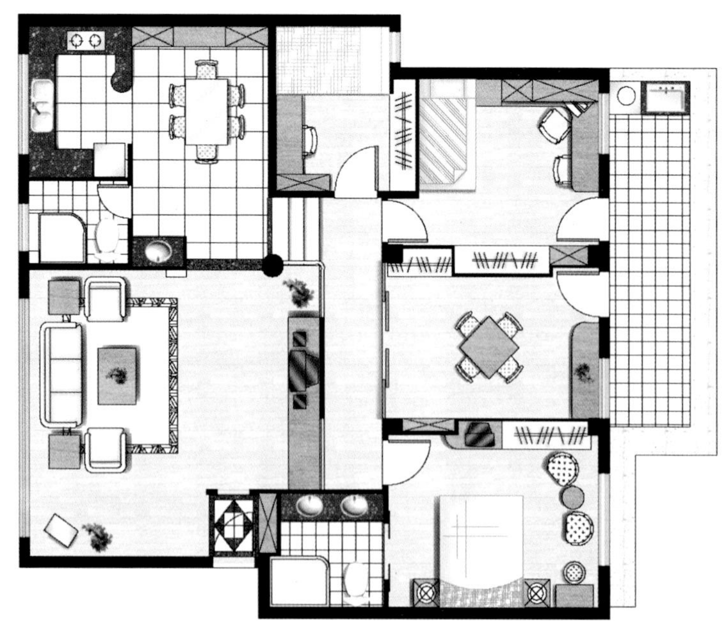

平面布置图

本案原为复式结构，房地产商因销售需要而将该居室改成现在这个格局。现餐厅处原为大阳台花园,后加盖为餐厅,设计时充分体现了餐厅的层次感和现代气息。餐厅的休闲区为抬高的地台,从阳台突出一角,做落地全玻璃,内放置白色细石子,上栽种竹子;休闲区选用中式仿明式圈椅,背上悬挂两幅明清国画小品,过足了一把古典浪漫的瘾。本案又一特点是入口门处为上屋顶花园的楼梯,全钢化玻璃的栏杆伸入二层休息平台，在平台上放置一张现代观念的休闲椅和一个玻璃小几,在墙上挖几个小壁龛,用透明玻璃相隔,以增加居室的现代感。

家庭户型:三口之家
建筑面积:92m²
预算造价:9.2 万元
材料选用:紫檀木实木地板,玻化砖,海峡牌乳胶漆,艺术瓷砖,黑胡桃木,聚氨酯漆,奥维整体厨具,美标三洁具

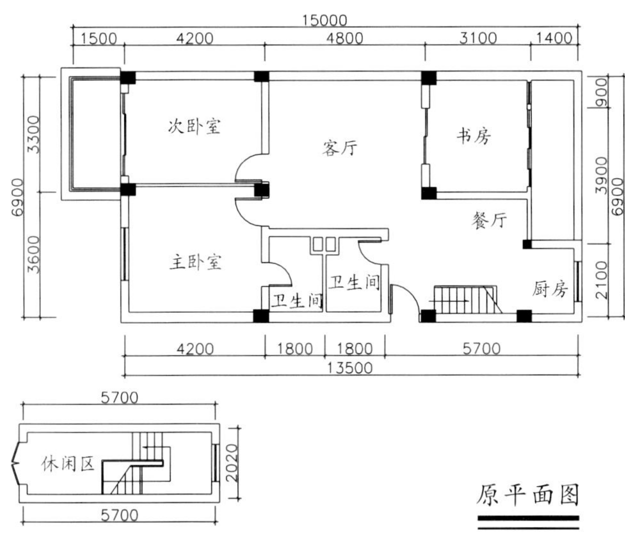

原平面图

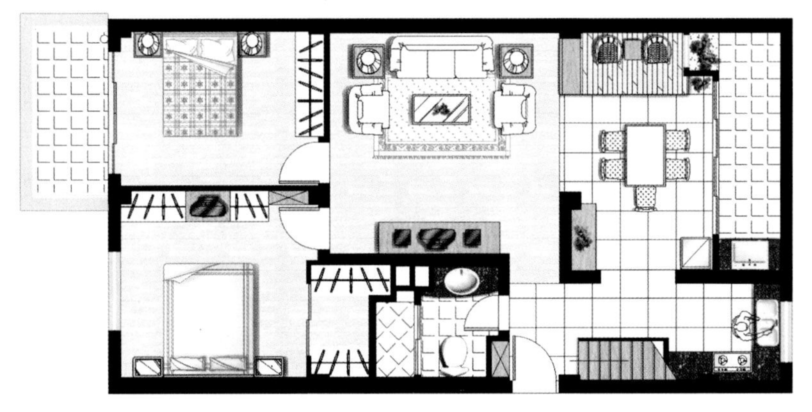

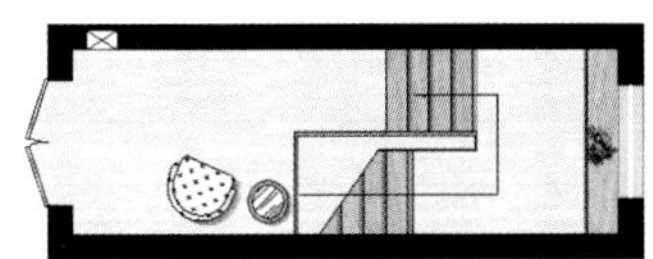

平面布置图

错层

弧形的餐厅

家庭户型：四口之家
建筑面积：182m²
预算造价：16.2 万元
材料选用：紫檀木实木地板，立邦漆，罗马瓷砖，黑胡桃木，聚氨酯漆，CUNZ 整体厨具，美标三洁具

本案是套大户型的错层居室，功能十分齐全。因此本案设计体现出与众不同成为设计师的首要任务。将餐厅往外移，在原餐处增设一个大的更衣室，更衣室与餐厅之间的隔墙设计成圆弧形在墙面上留出几个精品龛，一个现代韵味十足的餐厅就形成了。门厅增加玄关，厨房与客厅卫生间的墙面采用 45°斜角，既扩大觉又方便行走，同时也给居室增色不少。

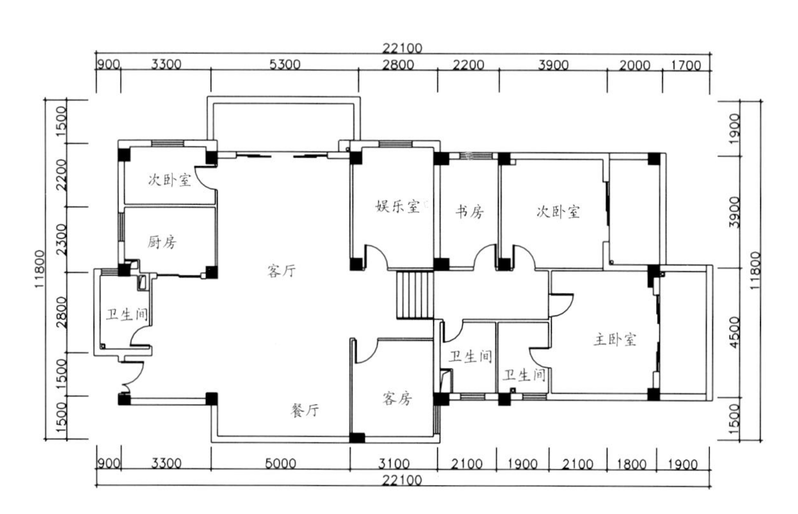

原平面图

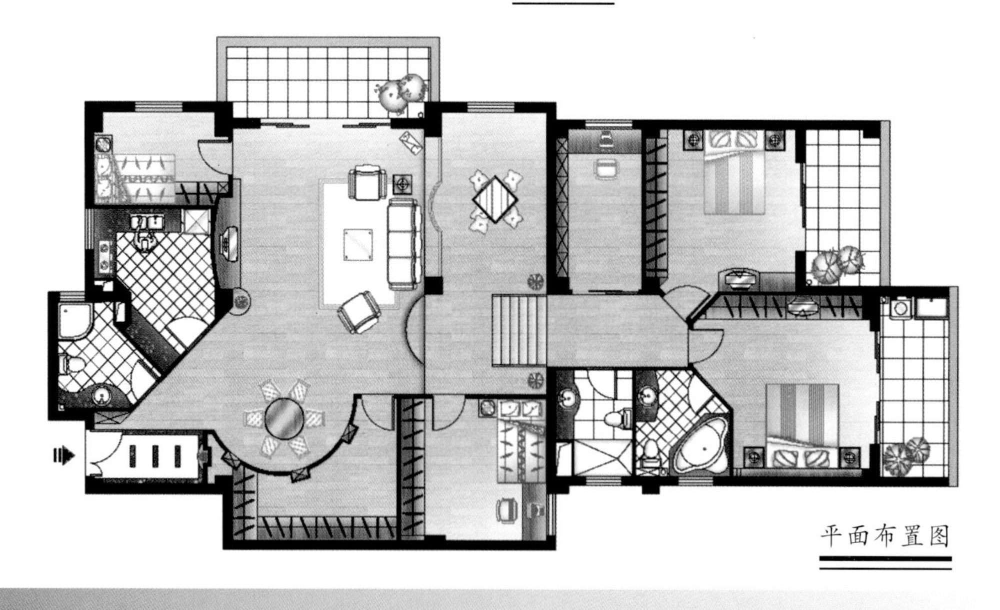

平面布置图

本案是典型的错层户型。这样错层居室的魅力不仅在于动静分区的生活理念,更在于有一个全新而又丰富的空间感受,而与之相称的还有丰富的功能设计。入口门边的鞋柜,既具实用功能,又起动线指示作用,同时还区分了门厅和客厅的空间。敞开的餐厅让居室感觉更大。在主卧室内增加一间更衣室,满足业主对衣储空间的需求。书房与次卧室之间的储藏间,是对当下居室储藏功能不足的一种补偿。设计师保留了一段卫生间前的栏杆,意在增加居室的视觉感受空间,又颇有些古典的意蕴,黑色的铁艺栏杆与实木扶手的结合使用,是时下的流行趋势。

家庭户型:三口之家
建筑面积:152m²
预算造价:11.2 万元
材料选用: 紫檀木纹复合木地板,玻化砖,立邦漆,艺术瓷砖,黑胡桃木,聚氨酯漆,CUNZ 整体厨具, 科勒三洁具

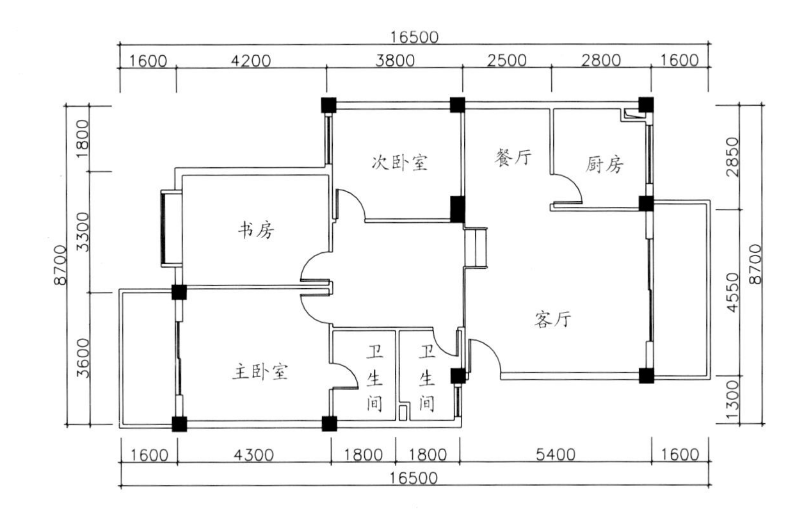

原平面图

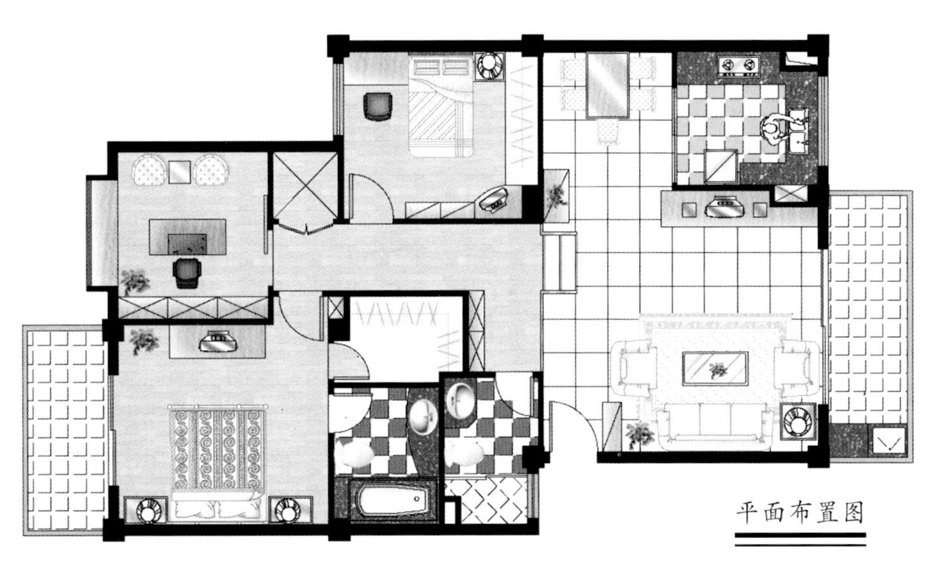
平面布置图

家庭户型:三口之家
建筑面积:120m²
预算造价:9.2 万元
材料选用:柚木实木地板,香槟色玻化砖,ICI 乳胶漆,黑胡桃木

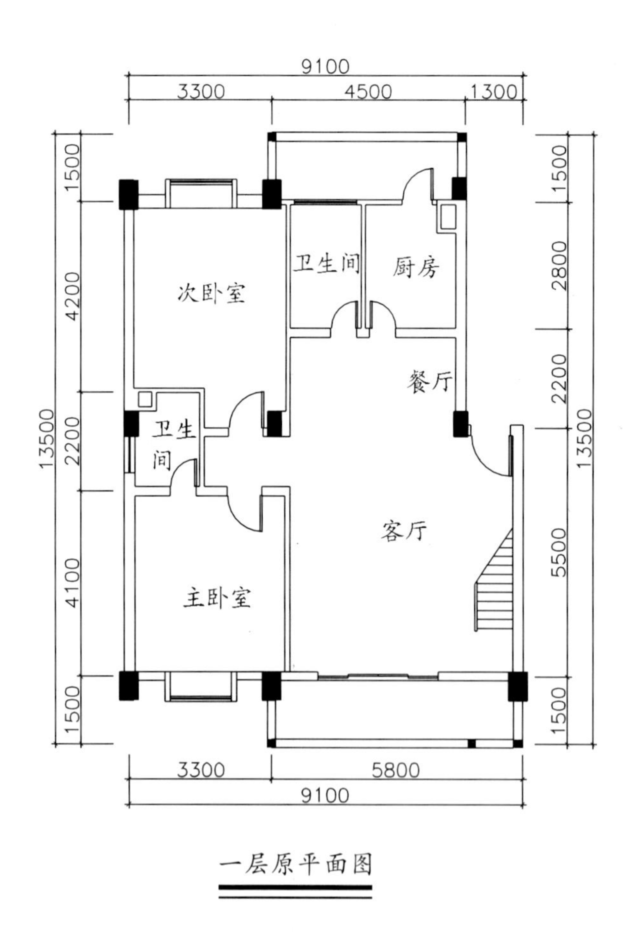

一层原平面图

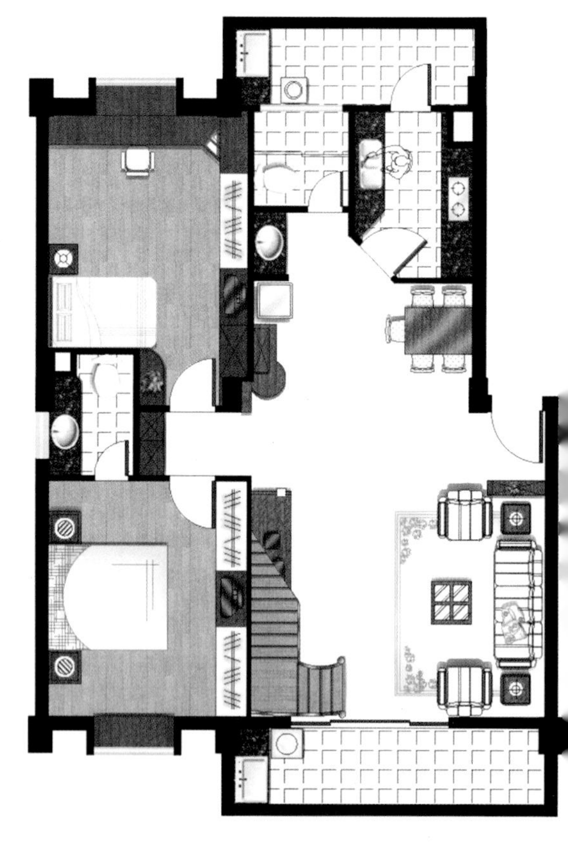

一层平面布置图

对于复式楼房来说，楼梯的摆放通常是最重要的。本案原设计的楼梯位正对入口门，这样的摆法对一层的布局没有太大影响，只是在进门时有些压抑感；而对二层却影响很大，因为不得不留一个到屋顶花园的通道位，同时也影响了二层居室的使用面积。现将楼梯改在靠主卧室一侧，并在二层处做一个半圆形休息平台，这样楼上的空间便归书房了。休息平台进入书房为推拉门，书房与客厅悬空处为带中式风格的木质平开窗，客厅电视柜设计在楼梯的底下，节省了空间。

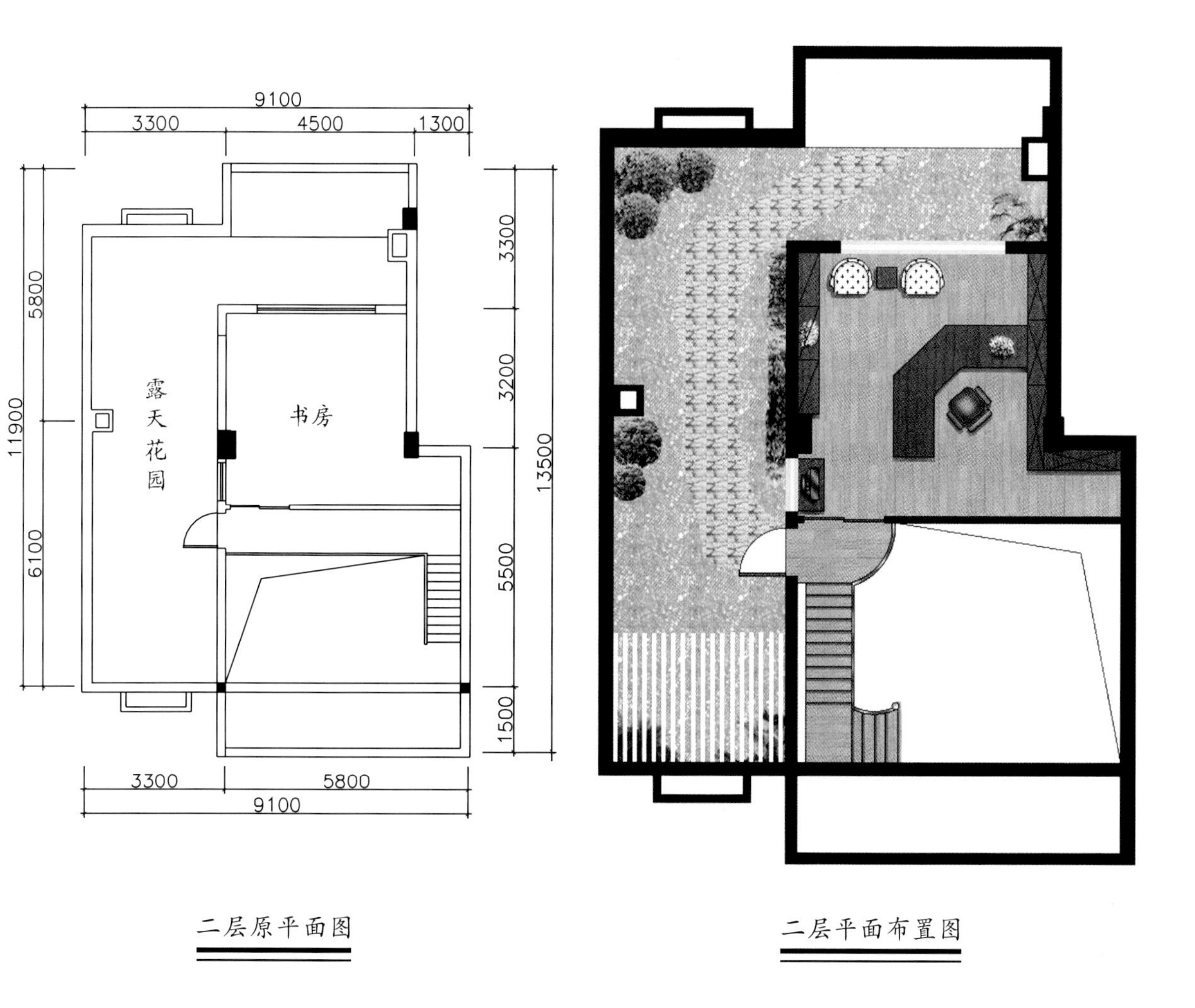

二层原平面图

二层平面布置图

家庭户型：三口之家
建筑面积：186m²
预算造价：15.6 万元
材料选用：柚木实木地板，瓷砖，玻化砖，海峡牌乳胶漆，黑胡桃木面板，聚氨酯漆，奥维整体厨具

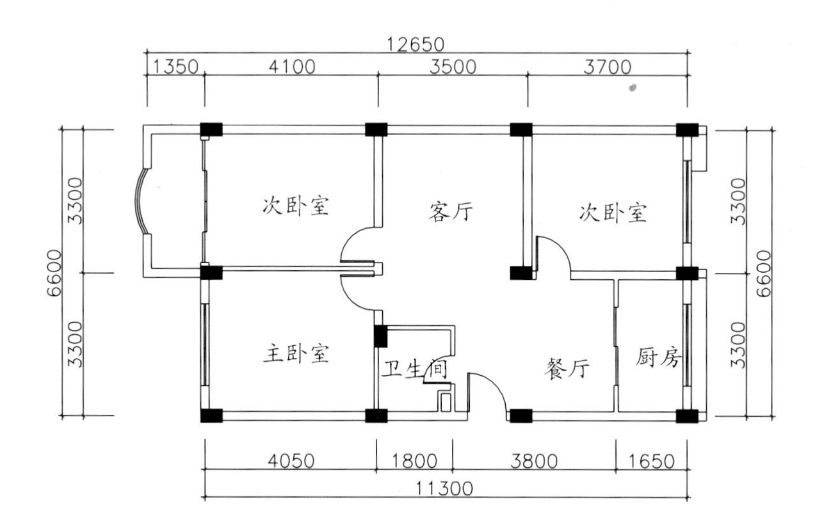

一层原平面图

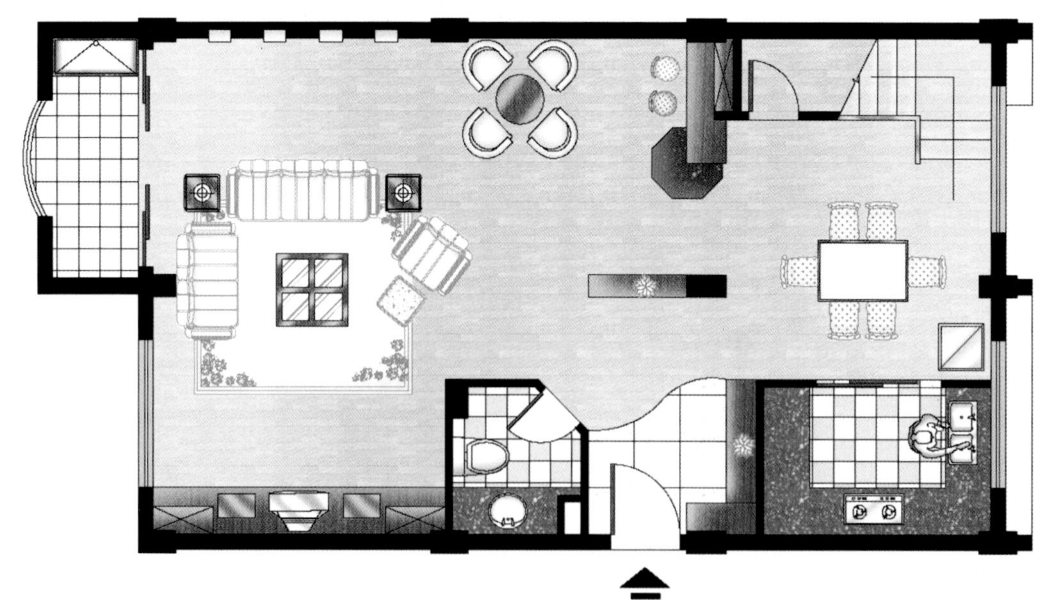

一层平面布置图

与众多的复式住宅楼不同，本案不在整栋楼房的顶楼，并且是由上下两层的套房改造而成的，因此上下两层在使用面积上比较接近。这类的复式楼没有顶层复式楼那样拥有一个大的屋顶花园，多少有点缺憾，但这并不影响设计师对室内空间的营造。设计师采用动静分离的手法，将卧室休息区全部集中到楼上，一楼则是供会客、就餐、娱乐的空间。一层门厅正对的立柱被设计成玄关的一部分，让人想像不到这里还有玄机。卫生间门45°开，方便行走。将楼梯底下设计成储藏间，充分利用了空间。与客厅相连处还设计一个小酒吧台，增加居室的陈设与情调。二楼的卧室保证空间的宽敞与明亮，书房地面抬高，采用实木推拉门，带有明显的和室简约风格。

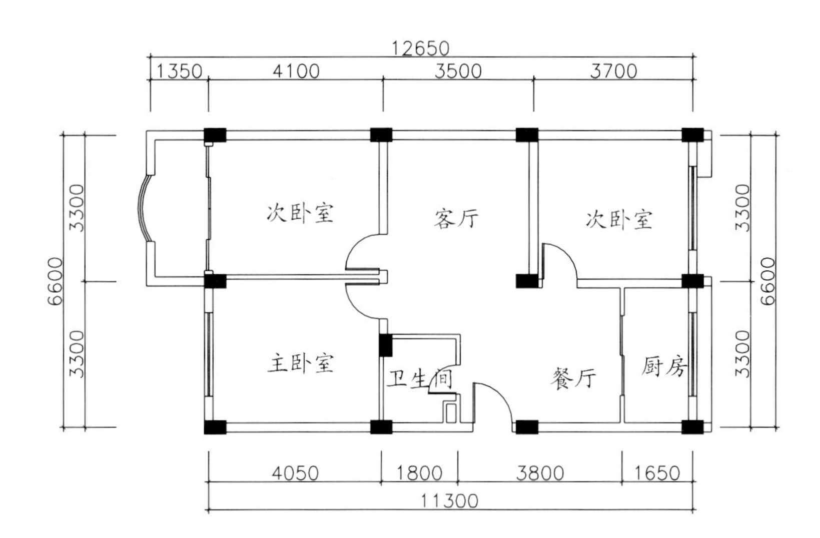

二层原平面图

二层平面布置图

家庭户型：四口之家

建筑面积：287m²

预算造价：30.6 万元

材料选用：芸香木地板，罗马瓷砖，玻化砖，海峡牌乳胶漆，黑胡桃木面板，聚氨酯漆，奥维整体厨具

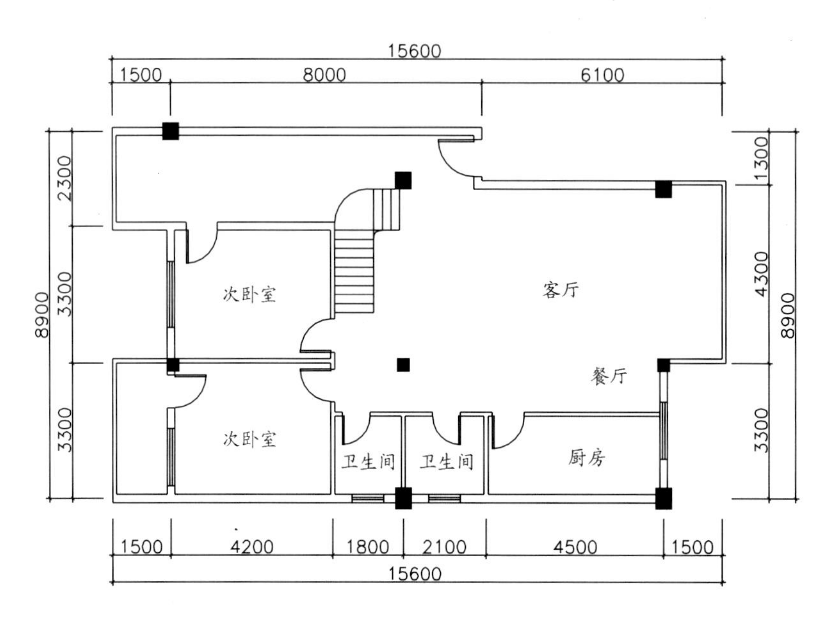

一层原平面图

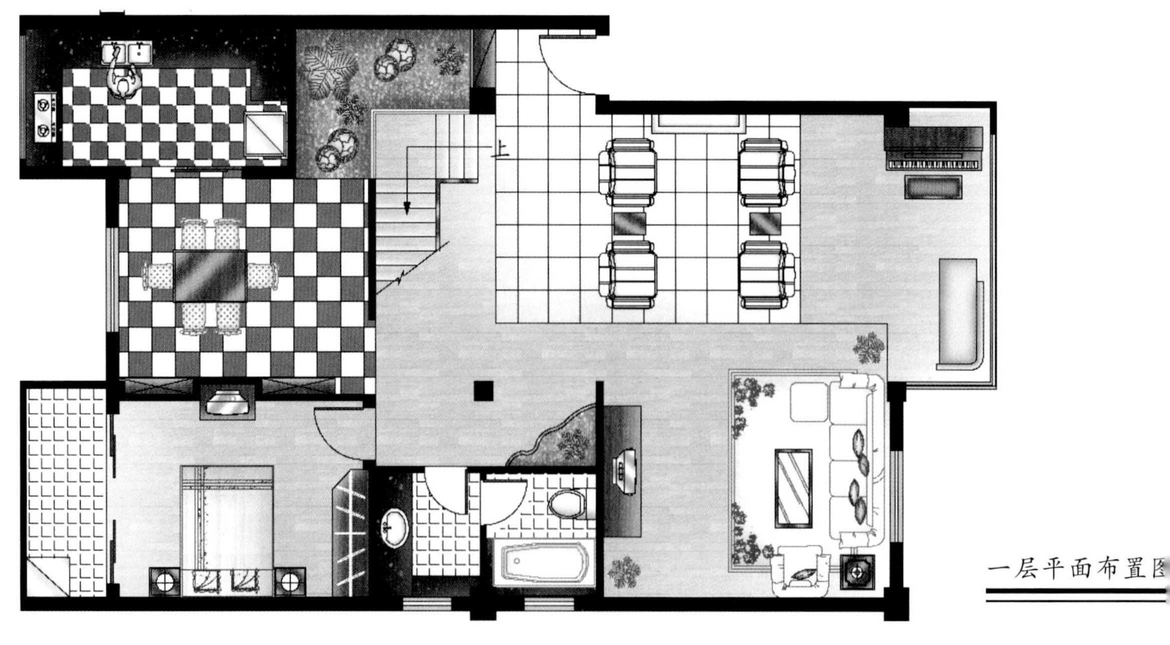

一层平面布置图

本案虽为不带屋顶花园的复式楼，却具有别墅高客厅的特点。设计师的重点设计则是如何营造一有品位的客厅。在厨房靠玄关处设计一个人造景观，入口门正对处的玄关为全透明玻璃，进门就可看玻璃后面的景致。与干景区相连的楼梯也采用全落地玻璃，在行走时从不同的角度都可以感受到景带来的快乐心情。干景区由宽敞的餐厅进入，景观区铺满白色细石子，上面放置两块海底石和几株常植物，颇有些禅意。而更富创意的是：设计师将二层干景区顶上的楼板拆除，用整片钢化玻璃做地面，二层书房前的休闲区便可望见楼下宜人的风景，形成一个非常有想像力的空间。一层的客厅还将结立柱独立出来，形成回形空间。靠卫生间与客厅电视墙背面的交角处，设计成水池假山景观。整个居足可谓是景观式的住宅。

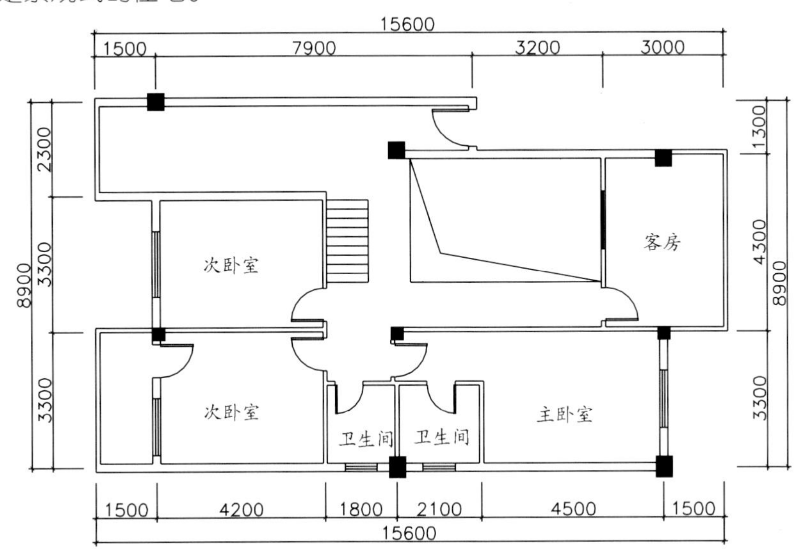

二层原平面图

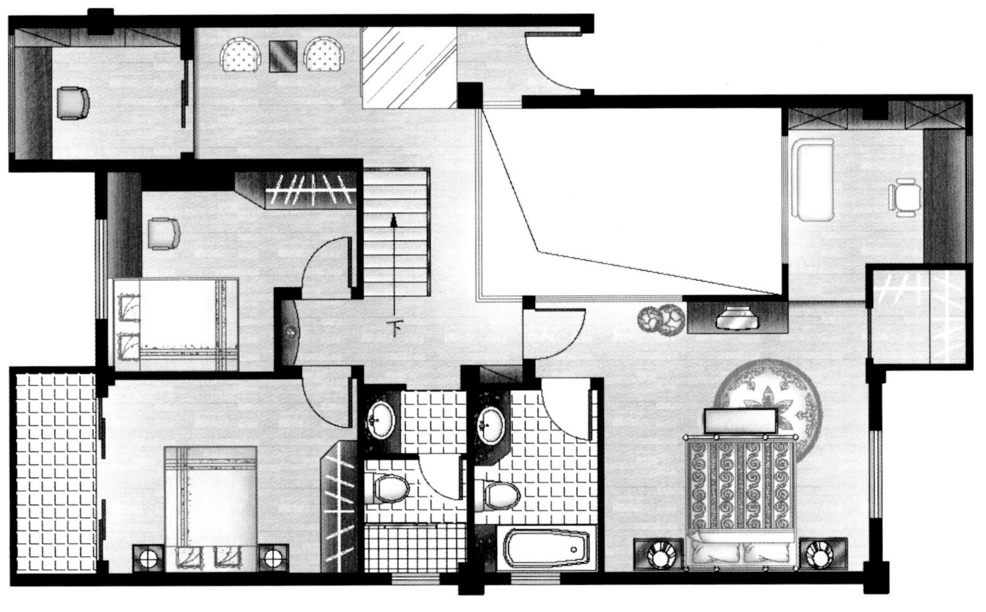

二层平面布置图

家庭户型:四口之家

建筑面积:283m²

预算造价:29.2 万元

材料选用:黄檀木地板，罗马瓷砖,玻化砖,钢材,立邦漆,黑胡桃木面板,聚氨酯漆,美标洁具

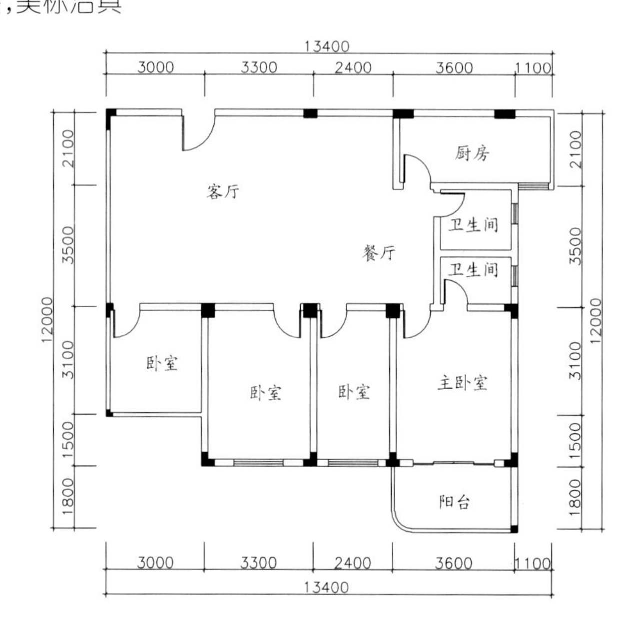

一层原平面图

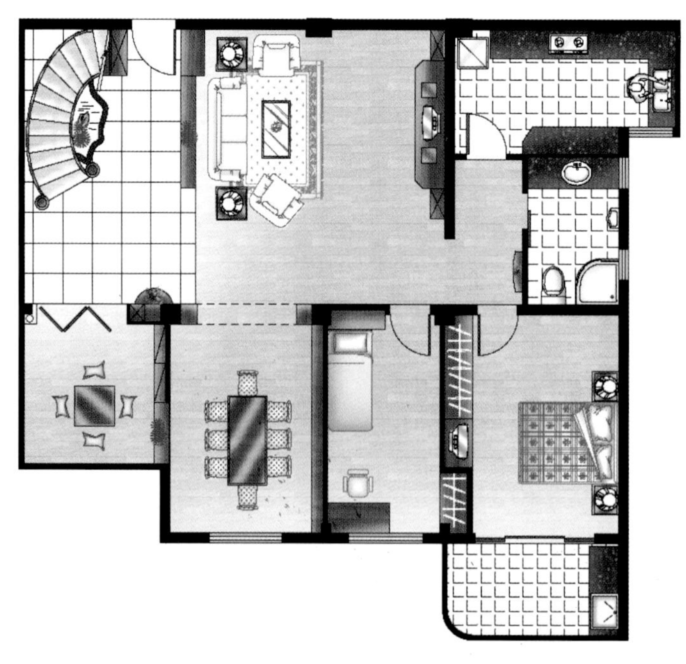

一层平面布置图

本案是上下两套住宅打通后形成的复式结构，带有明显的套房气息，因此设计师要通过空间的重新配置，将居室设计成真正带有复式风格的住宅。一层为主要活动会客区，功能设计齐全，在各个功能区间的体量上，设计师做到合理利用空间。门厅区的椭圆形旋转楼梯是造就复式楼房的基本要素，蜿蜒的楼梯随椭圆上升的铁艺栏杆向上攀升。楼梯下方是水池假山景观。楼梯上方的椭圆形吊顶与楼梯相呼应，高低悬吊的艺术灯具，将居室提升到了一个更高的层次。楼梯墙面上顺次挂着精美的风光照片，拾阶而上，又是一番风景，真可谓无限魅力在此中。

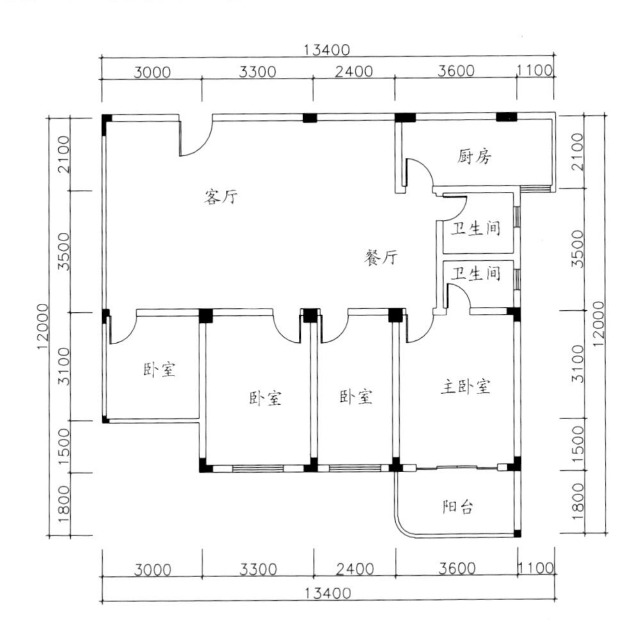

二层原平面图

二层平面布置图

家庭户型:三口之家

建筑面积:216m²

预算造价:23.2 万元

材料选用:芸香木地板,玻化砖,亚细亚瓷砖,立邦漆,黑胡桃木面板,聚氨酯漆,美标洁具,草皮,文化石

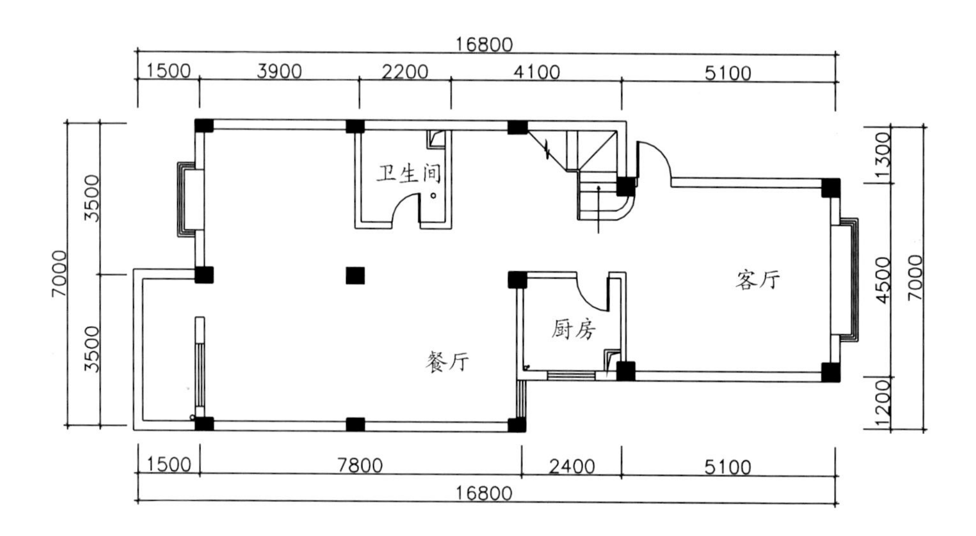

一层原平面图

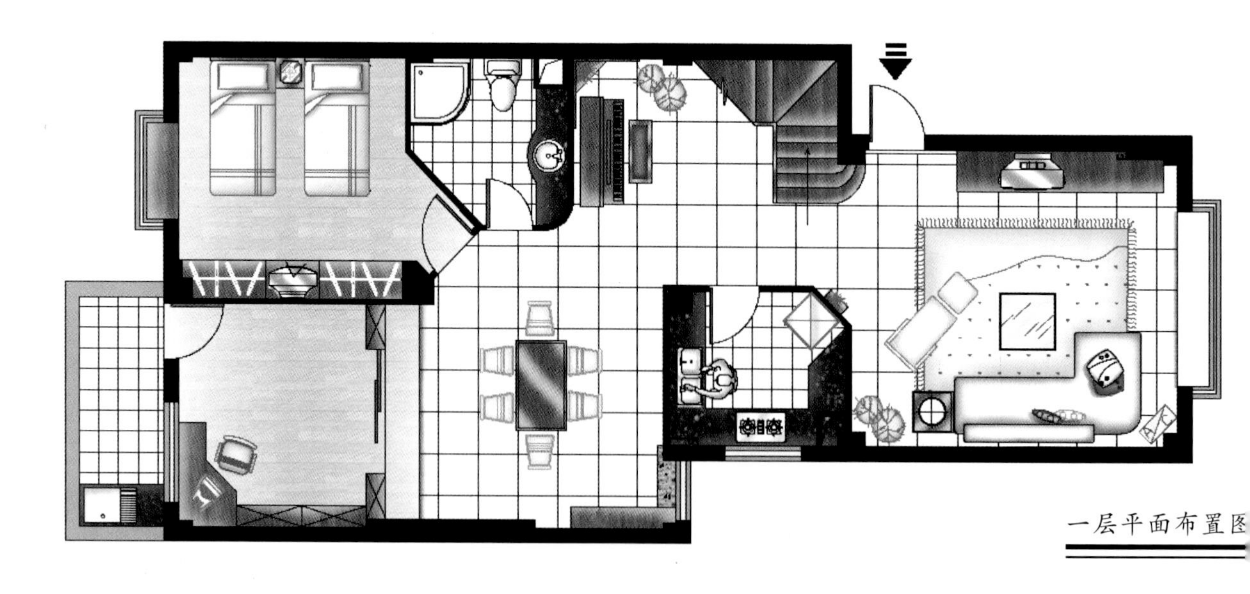

一层平面布置图

本案是套标准的顶层复式楼，其空间紧凑，有独立的屋顶大阳台。本案的每个功能区间都相对独立。一层入室便是大客厅，再就是厨房、餐厅，在楼梯转角的空闲处设计钢琴的位置十分适宜。厨房正对入口门的墙角改45°开，并做一个端景台，上面放置一个细长的花瓶，插几朵应时的鲜花，让人感到亲切温馨。二层为了留出主卧室入口门的位置，特将卫生间的墙面设计成弧形，既保证了主卧室门的宽度，又形成了独特的装饰效果。二层出阳台部分有一个雨篷，雨篷下的地面采用玻璃砖，既与大阳台地面细石路及草坪形成鲜明的对比，又丰富了空间的层次。花园一角设计假山水池，假山上带有小喷泉，水流不断，让人仿佛置身于大自然的胜景之中。草坪上放置两张休闲椅和一张小茶几，很有情调。

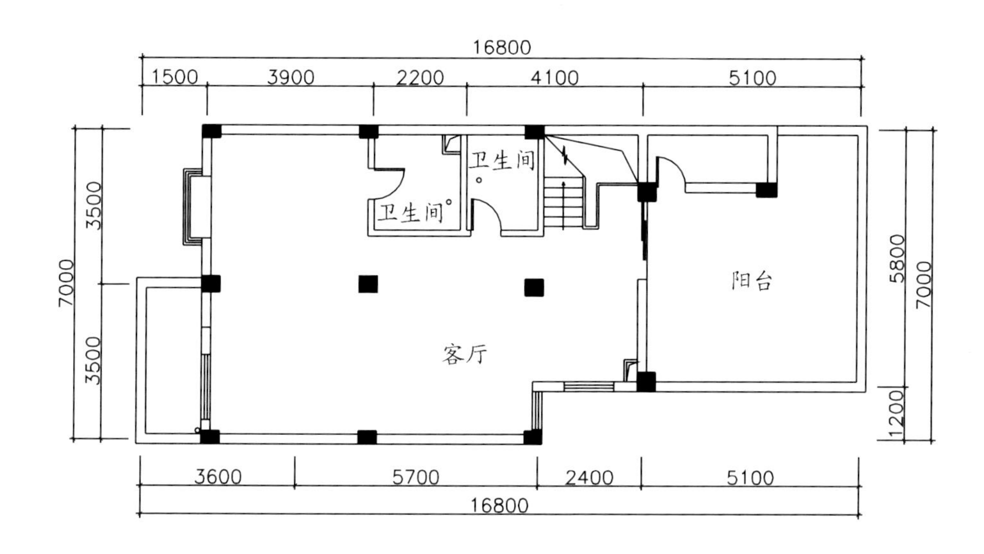

二层原平面图

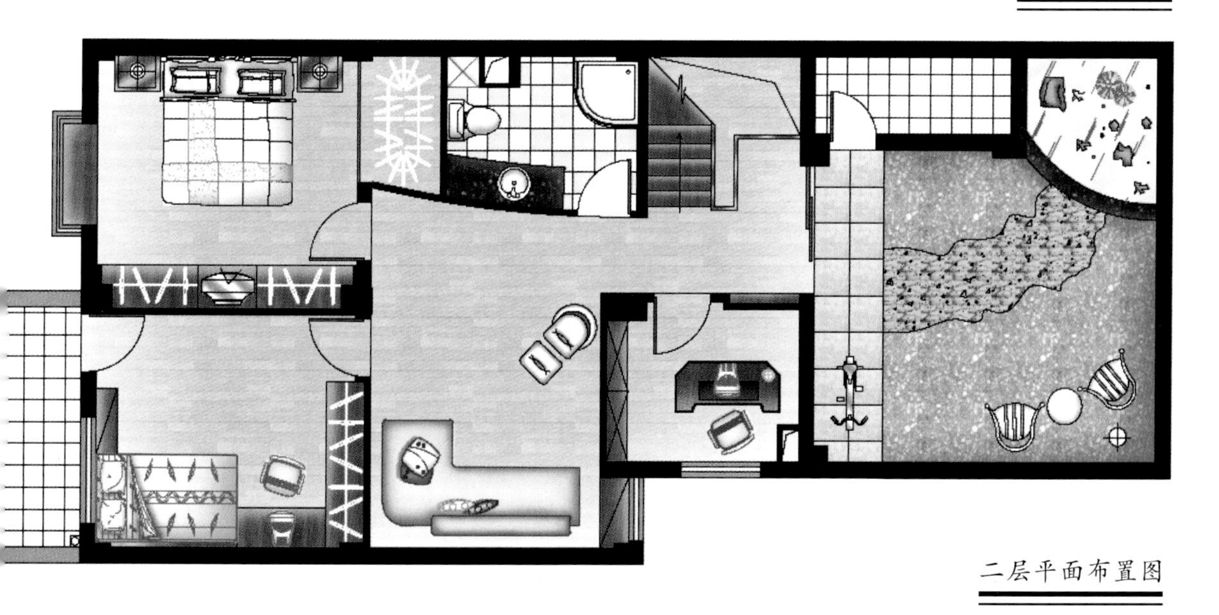

二层平面布置图

家庭户型：五口之家
建筑面积：197m²
预算造价：20.6 万元
材料选用：榉木地板，玻化砖，大宝漆，白胡桃木面板，实木楼梯

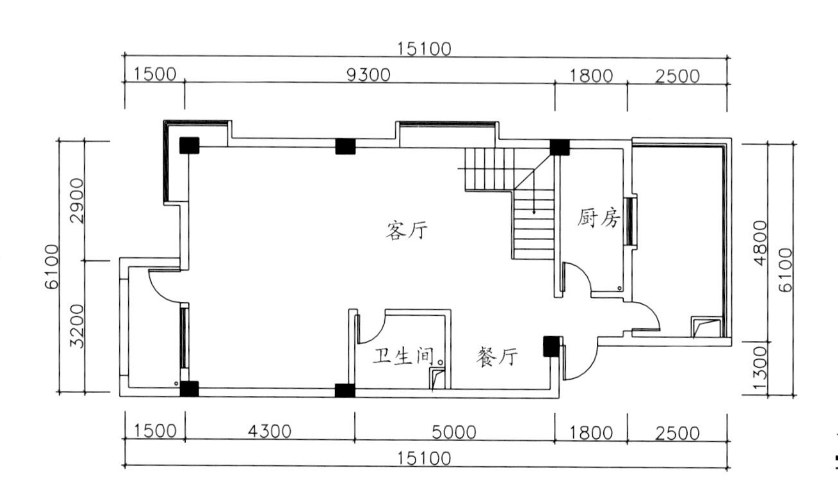

一层原平面图

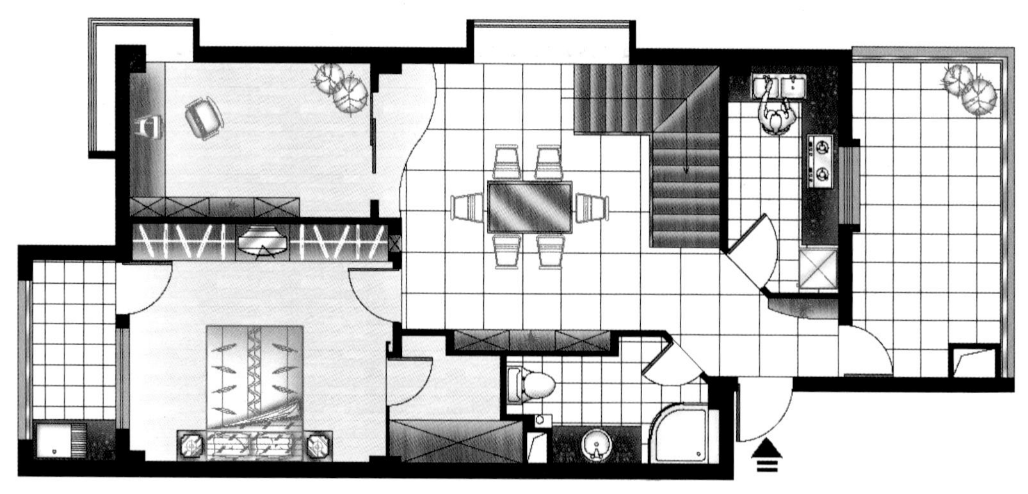

一层平面布置图

本案是套普通的复式楼，原建筑平面一层为活动区，二层为卧室区，动静分区明确，因而空间在使上比较宽松。原设计的卧室对业主一家三代来说是不够的，业主要求居室以实用为主。因而设计师把厅移至二楼，将原一层的活动区作为餐厅，并在原客厅处增加一间卧室与一间书房，原卫生间设计成藏间，原餐厅改为卫生间。厨房与卫生间门相应地改为 45°角开，让通道变得宽敞，在厨房与门厅的墙设计鞋柜。二层的布局保持不变，只将主卧卫生间设为衣帽间，电视柜摆放在靠卫生间的墙面上，让室显得宽大。整套居室充分利用空间，满足了业主的使用要求。

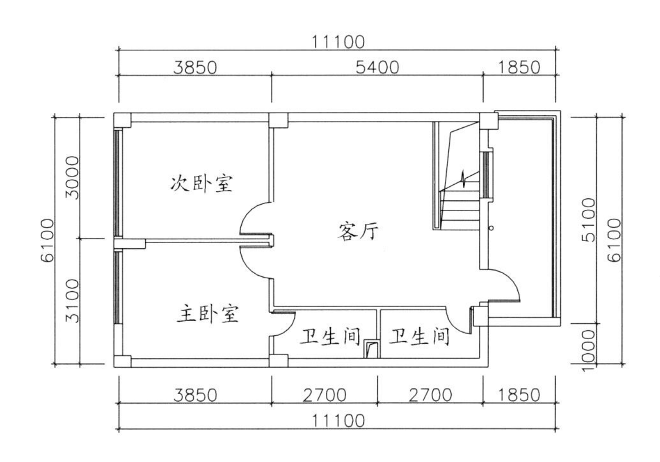

二层原平面图

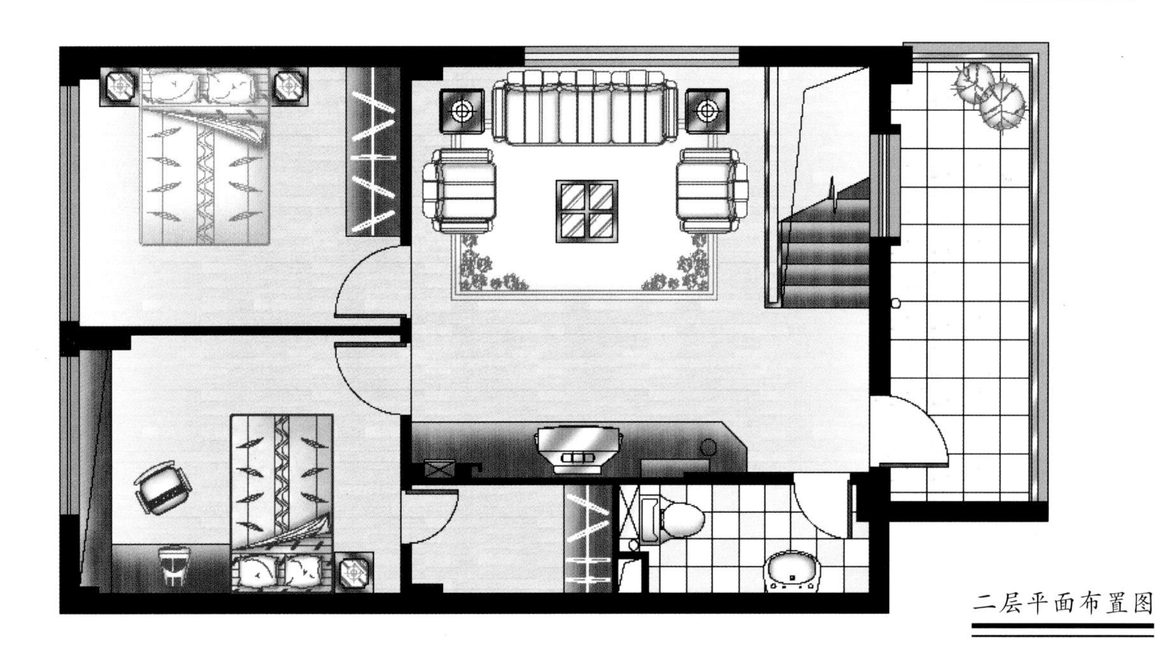

二层平面布置图

家庭户型:四口之家
建筑面积:203m²
预算造价:23.8 万元
材料选用:柚木地板,玻化砖,立邦漆,黑胡桃木面板,钢架实木楼梯,文化石

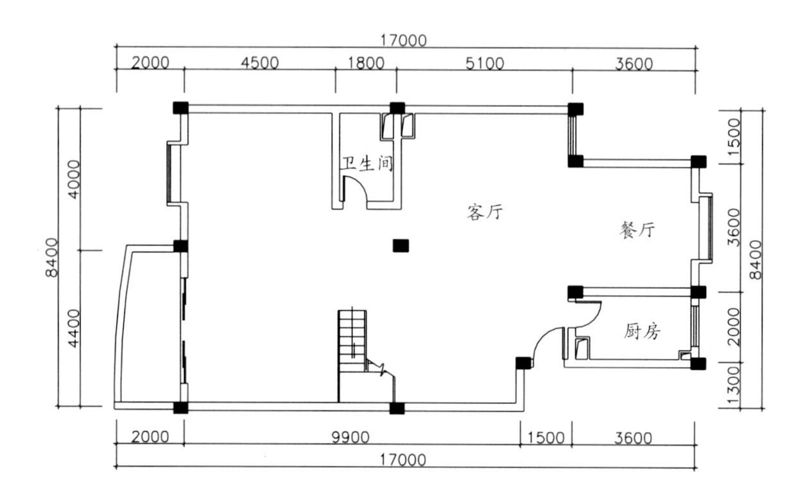

一层原平面图

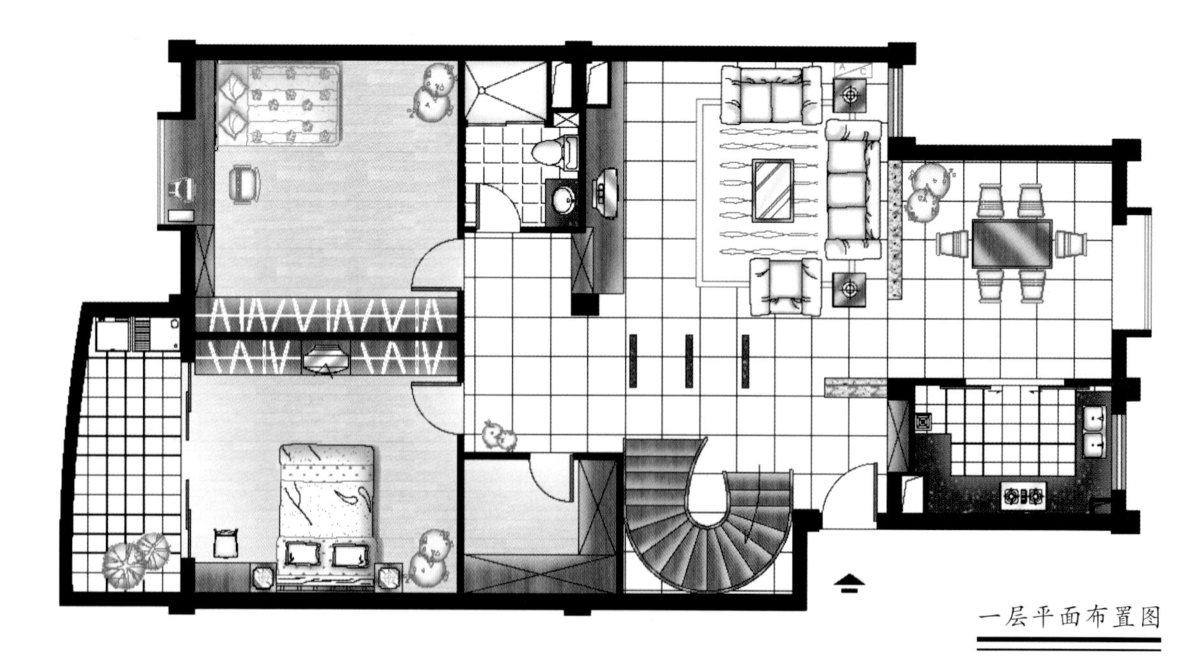

一层平面布置图

本案是套顶层复式楼房，集中了别墅与复式楼的各种优点，是当下时尚的居室主流之一。这类居室究宽敞闲适的空间风格，强调对主人私人空间的营造。本案一层主要由客厅、门厅、小孩房、客房、餐和厨房组成。入口门厅设玄关，引导行走路线，在餐厅与客厅之间设计一个隔断。隔断用玻璃围成筒，内填放细白石子，白石子上插饰涂成白色的干树枝，给居室添加些浪漫的现代气息。由实木旋转楼到二层。二层以主卧室为主，把主卧室另一边的卧室设计成一大一小两个书房，供主人与小孩分别使。在客厅中有一个弧形栏杆，站在栏杆前往一楼望去，自然有一种说不出的成就感。屋顶大花园与休区之间为落地全玻璃，人在室内便可对室外的风景一览无余。

二层原平面图

二层平面布置图

家庭户型：五口之家
建筑面积：225m²
预算造价：27.6 万元
材料选用：黑檀木地板，玻化砖，立邦漆，黑胡桃木面板，钢架实木楼梯，户外地毯，钢化玻璃

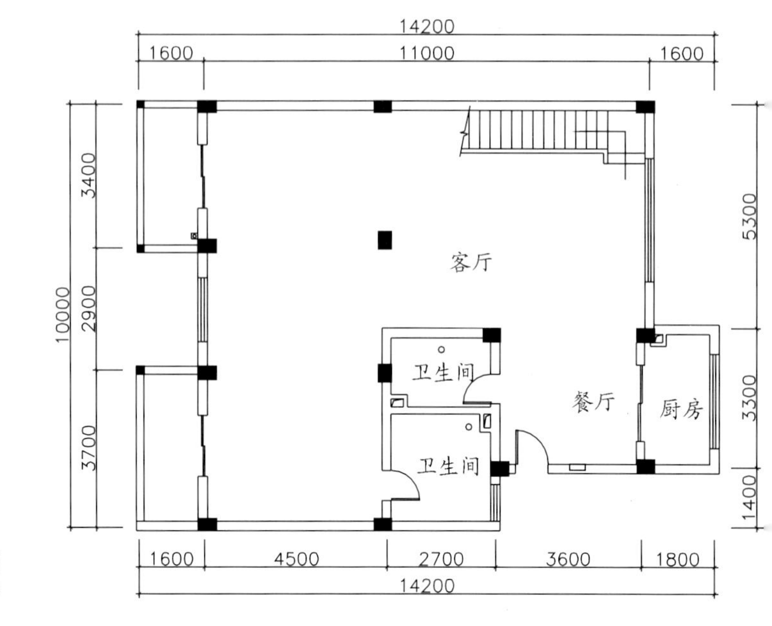

一层原平面图

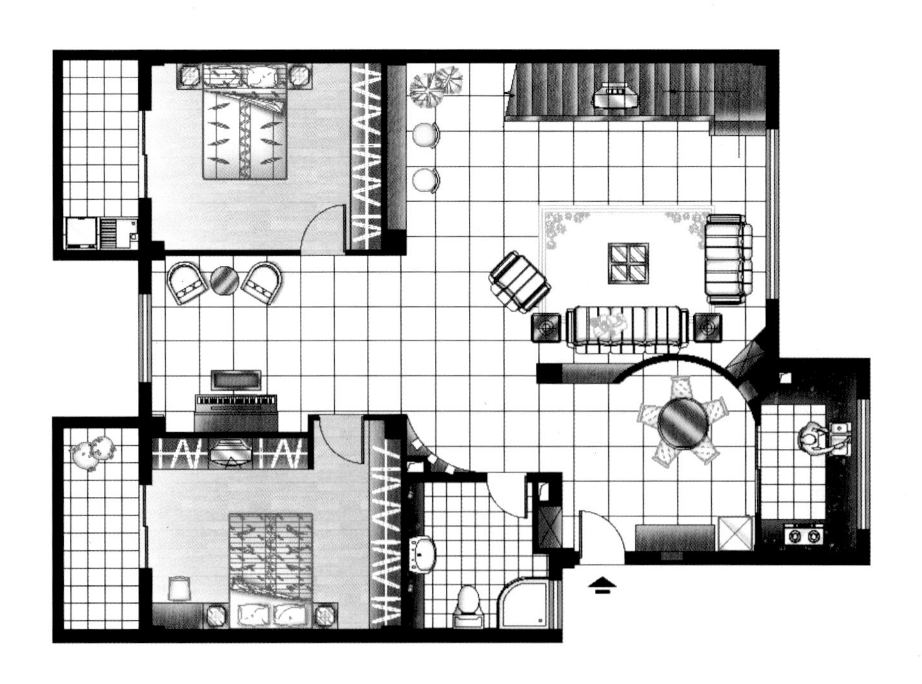

一层平面布置

本案是套有浓郁家居气息的复式楼，简洁明了又不失亲切感与情调。一层保留普通家居的格局；层以营造主卧室为主。一层的餐厅与门厅相连，正面玄关与餐厅特意鼓出的墙面搭配在一起，很有浪漫情调，且空间也更完整与宽敞。将中间的卧室打通做一个敞开的钢琴区，足见主人对生活品质要求。客厅卫生间与卧室之间的交角设计成弧形，弧形上留出几个精品龛，让精美的工艺品展示居的魅力。电视柜则摆放在钢架楼梯下的空间。二层通过一个走道出阳台，在阳台一角隔出一个玻璃屋，小屋内设吧台，平时可用做健身房。阳台地面铺上绿色的户外毯，便于清洗。二层主卧室由书房入。走道处设计三角形端景台，摆放鲜花，以增加居室的气氛。

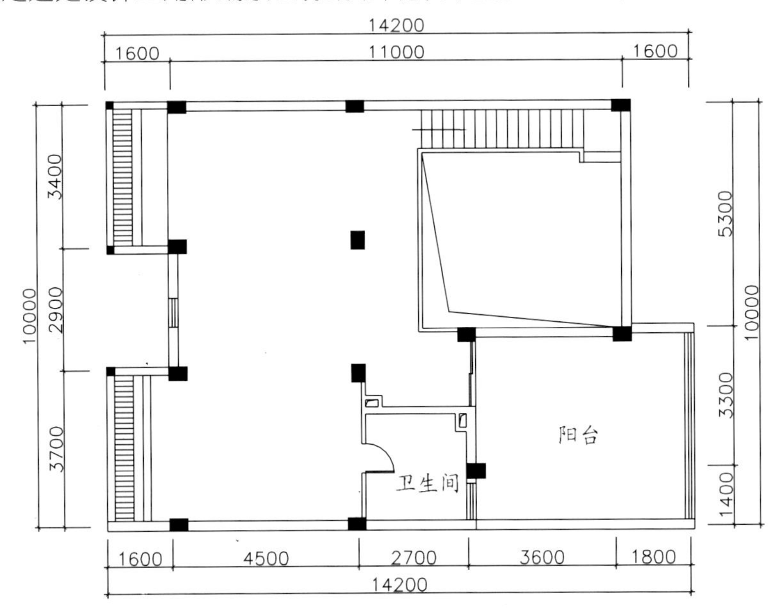

二层原平面图

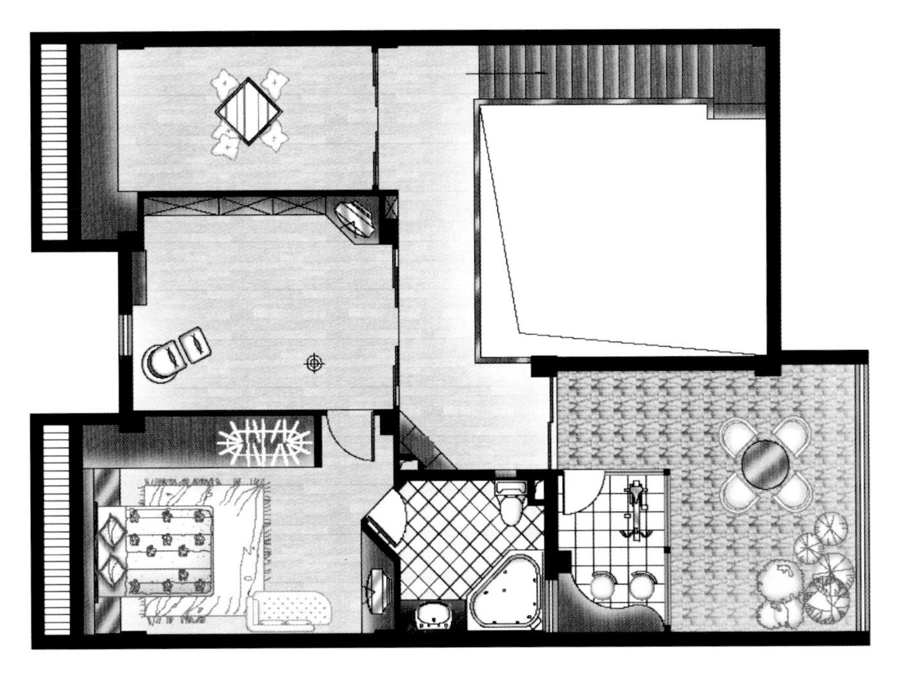

二层平面布置图

家庭户型:五口之家
建筑面积:246m²
预算造价:27.6 万元
材料选用:玻化砖，冠军瓷砖，紫檀木地板，立邦漆，文化石，大花白大理石，黑胡桃木面板，聚氨酯漆，奥维整体厨具，美标洁具

本案是套典型的方形三层小别墅，非常适合于居住。一层进门首先通过小花园，再进入室内。入户正面玄关分隔出门厅与餐厅个区域。大客厅上方到二层顶部均为空透空间，让客厅十分气派最特别的是客厅的顶部为斜屋顶，中间有一个大的采光固定窗，光能直射入客厅，真可谓名副其实的阳光别墅。二层主要为卧室在楼梯正对部分为起居室，与客厅中空部分用铁艺栏杆相隔，没阻隔的视线，使居室多了一份感受空间。三层为主卧室与书房，卧室的墙延长一面，靠边的为冰裂玻璃，让空间更加活跃，主卧设计衣帽间，集中存放衣物，让主卧室更整洁。

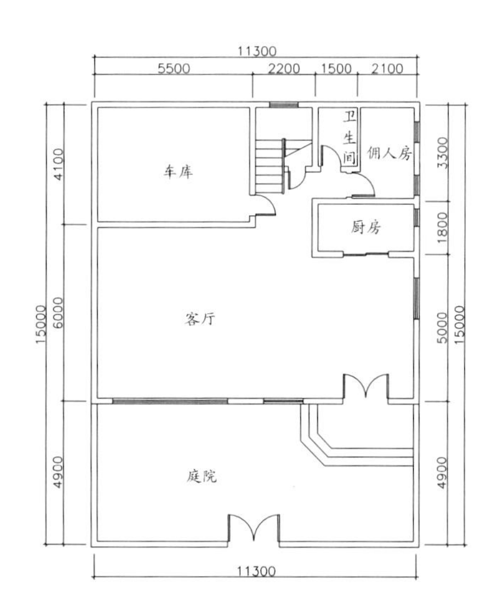

一层原平面图

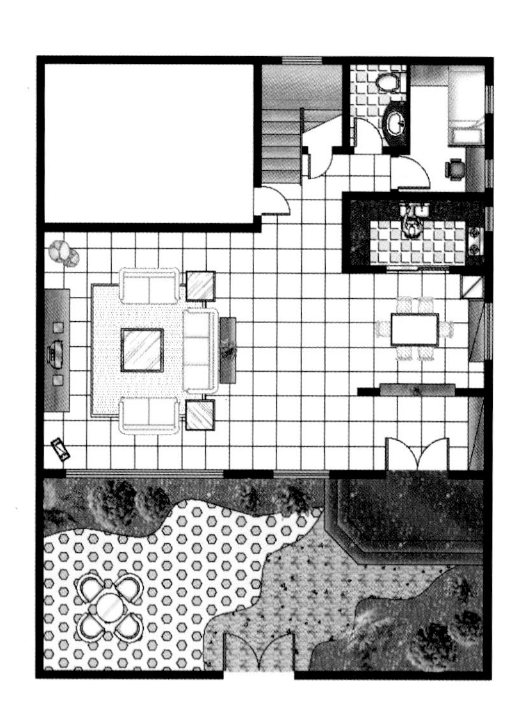

一层平面布置图

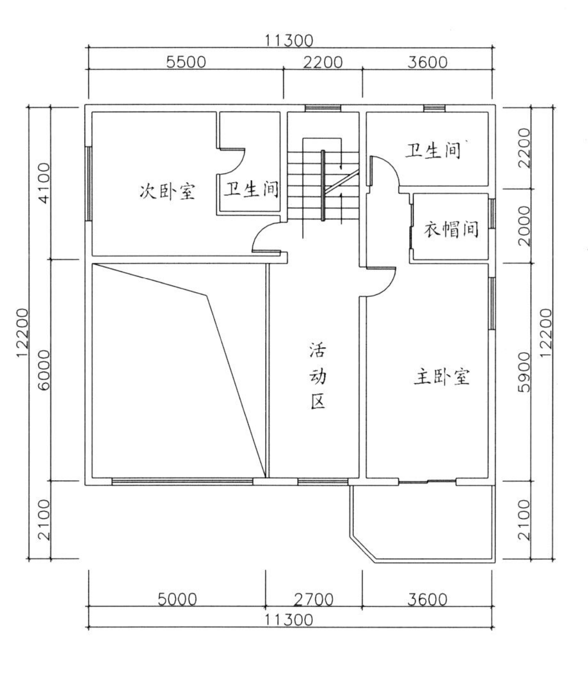

二层原平面图

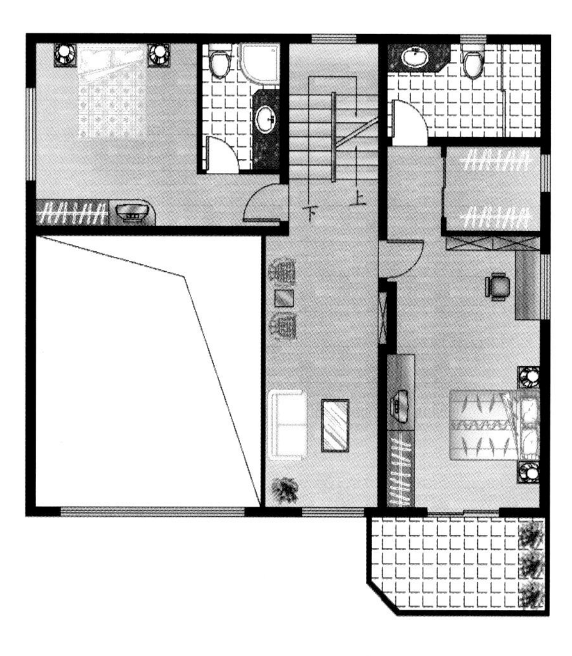

二层平面布置图

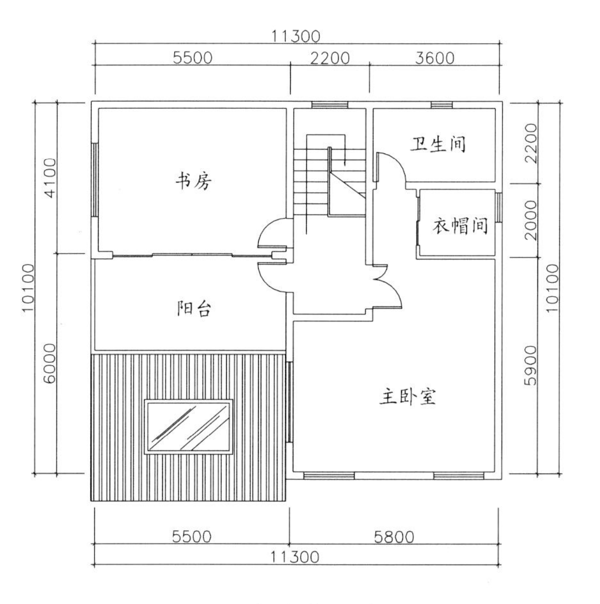

三层原平面图

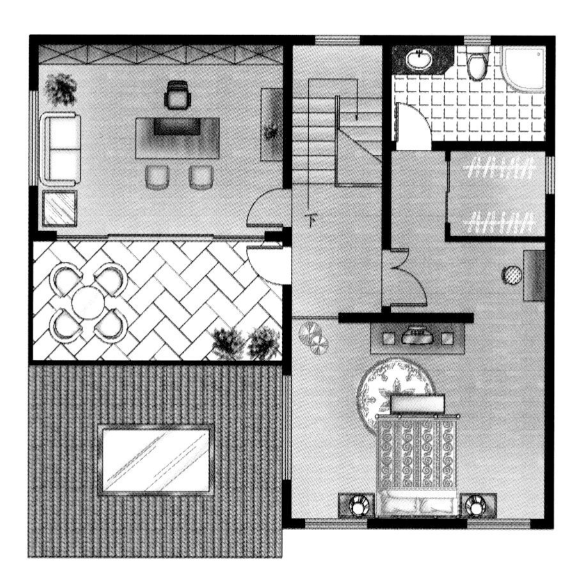

三层平面布置图

家庭户型：三口之家
建筑面积：265m²
预算造价：28.6 万元
材料选用：鹰牌玻化砖，亚细亚瓷砖，柚木实木地板，美国大师牌漆，黑胡桃木面板，文化石饰面，CUNZ 整体厨具，科勒三洁具

在远离城市喧嚣的乡间盖一栋供自
休闲度假、朋友小聚的别墅，是大部分成
人士所向往的。本案的外观采用北美乡间
墅的设计风格，共三层。一层主要用于会客
活动和就餐；二层为卧室、起居室、小会
室、阅读区；三层是主卧室和屋顶花园。各
之间通过钢架旋转楼梯相连。一层的客厅
了佣人房与卫生间外，仅在入口门与旋转
梯之间做一个屏风，其余全部为敞开式大
间。从休闲区出去为与室内相平的原木
台，台下方是大水池。二层空间以温馨为主
客厅沙发围着大壁炉，阅读区是一排靠窗
矮书柜，整排的书直接露出，很有装饰效果
三层主卧室以舒适为主，卧室内不做隔墙
以自由的空间营造宽松的氛围。卫、浴分开
同时浴室为全落地玻璃，地面采用细小白
子，独立式的浴缸放在上面特别适合。

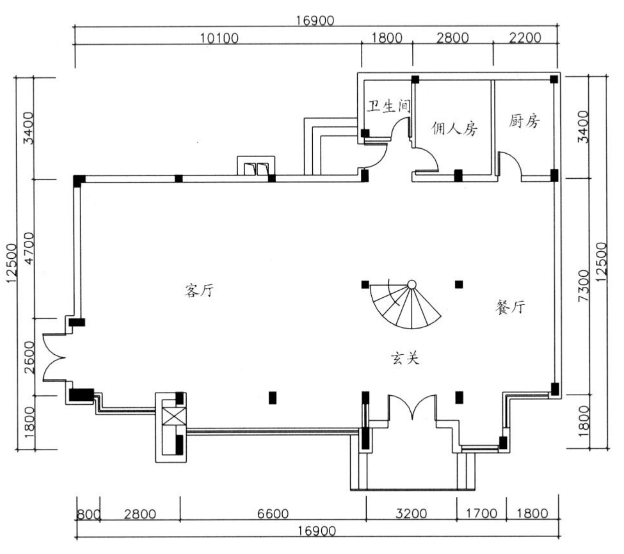

一层原平面图

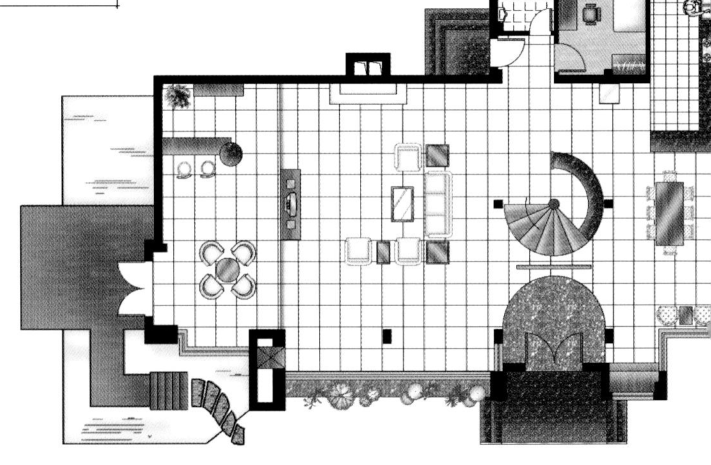

一层平面布置图

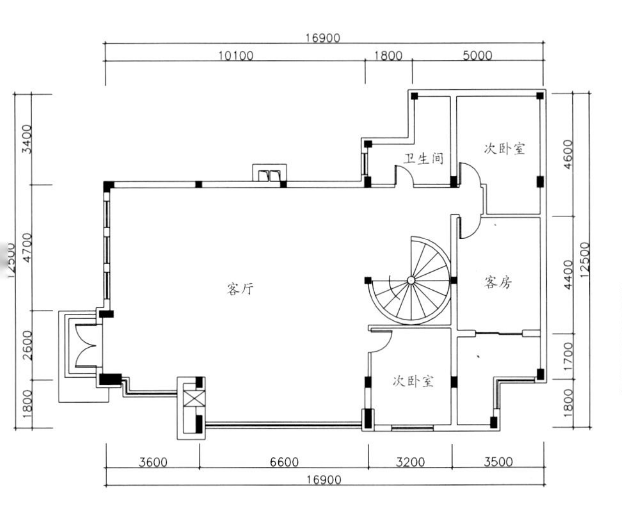

二层原平面图

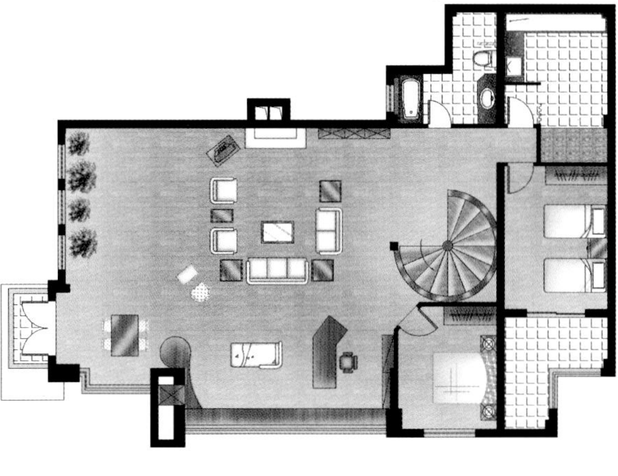

二层平面布置图

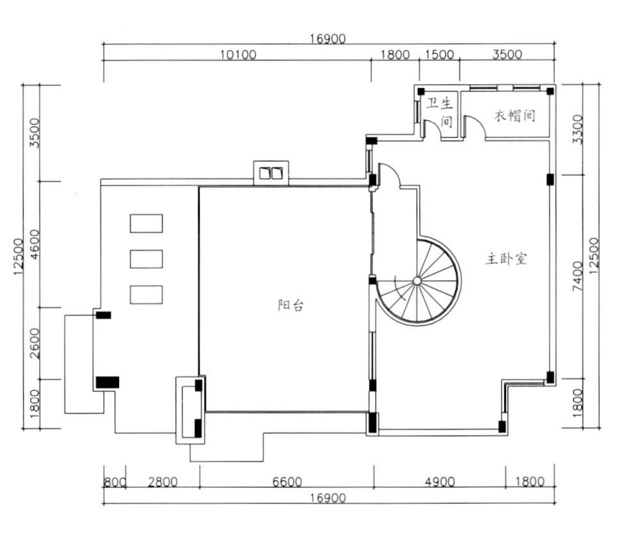

三层原平面图

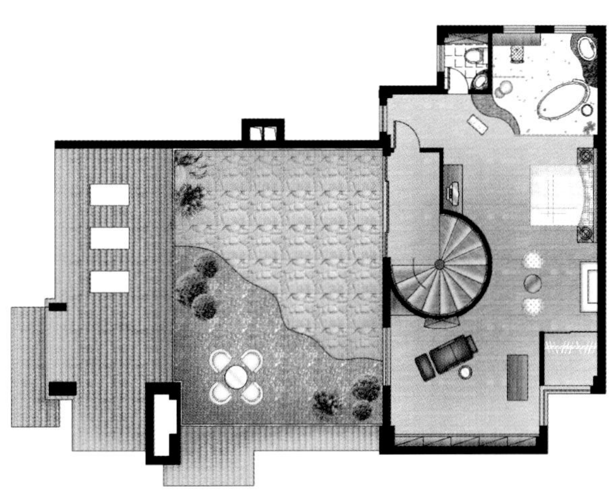

三层平面布置图

家庭户型：八口之家
建筑面积：320m^2
预算造价：37.6 万元
材料选用：斯米克玻化砖，罗马瓷砖，柚木王实木地板，铝质多孔板，黑胡桃木，立邦漆，CUNZ 整体厨具，科勒洁具

本案的业主有一个处处充满温情的大家庭。而本案的建筑格局恰恰十分符合业主对居住的要求：房间多、布局合理且宜于增强家庭的凝聚力。别墅共三层，一层主要为活动空间，二层、三层主要是卧室与休息区。别墅从休息平台进入一层室内。一层设佣人房与客房，玄关区正面设一个屏风遮挡户外视线，客厅的层高为一、二层相通，由旋转楼梯上二楼，楼梯下为假山水池景观。大餐厅地面抬高一个踏步，在与客厅之间设计了 6 根装饰实木小圆柱，使视线隔而不断。二层以卧室为主，靠楼梯的客厅作为情感的纽带，是平时家庭聚会的场所。主卧室配置齐全，由书房、卧室、衣帽间、卫生间、阳台等几部分组成，十分气派。三层由卧室和活动室组成，公用卫生间采用圆弧形设计，非常具有想像力。

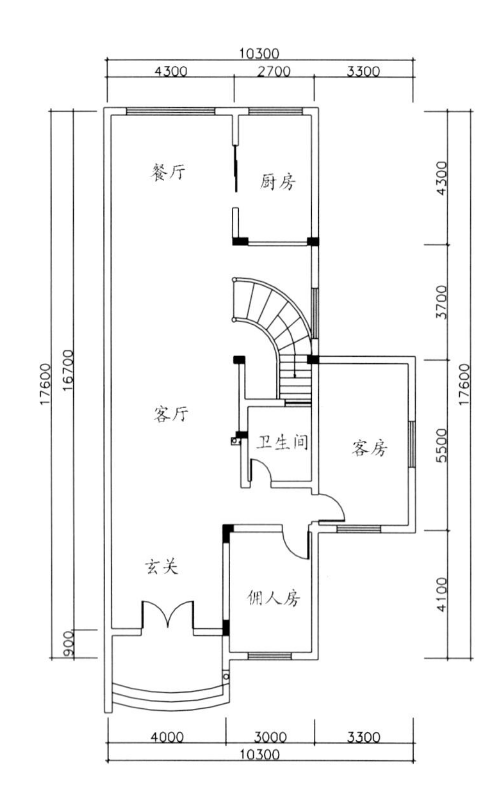

一层原平面图

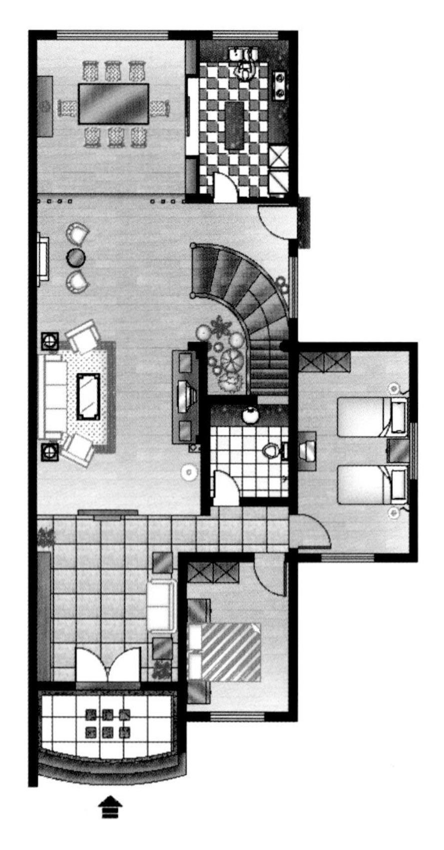

一层平面布置图

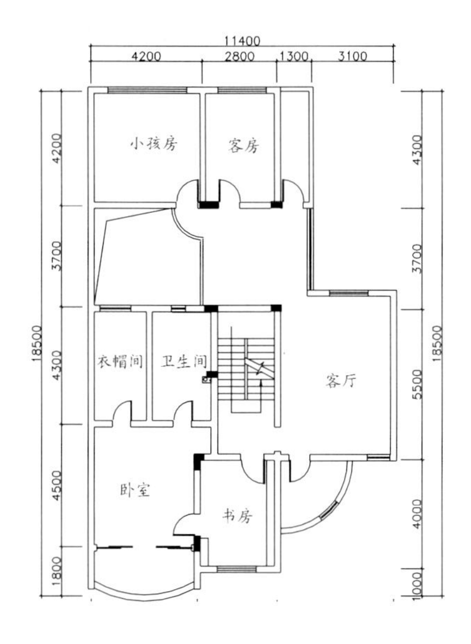

二层原平面图

二层平面布置图

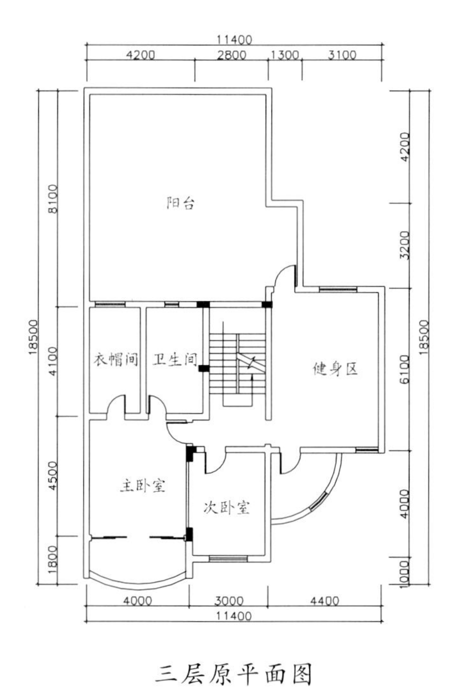

三层原平面图

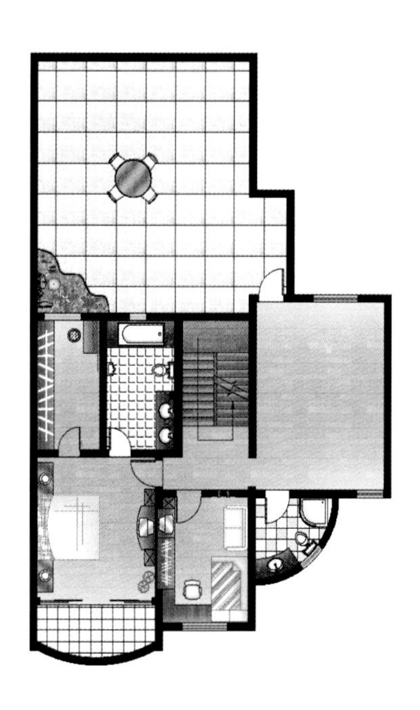

三层平面布置图

家庭户型：三口之家
建筑面积：236m²
预算造价：27.6 万元
材料选用：仿古砖，柚木王木地板，铝质多孔板，黑胡桃木，花梨木，立邦漆，文化石，鹅卵石

在一个准乡间的别墅区中，营造乡村风格的居室，是本案业主的初衷。本案的户外是围绕整座别墅的大草坪，设计师在户外设计了石子路与水池，并在院内种植几株长青树，以增加生活气息。一层为活动区，入口门正面设玄关，并放置一张椅子，供休息换鞋用。地面满铺锈石色的仿古砖，给居室增添不少的乡村气息。厨房为敞开式设计，在靠餐厅处设一个备餐台。二层主要是书房、茶室和小孩房，书房连着阳台，既宽敞又明亮。阳台地面采用人文气息较浓厚的实木地板铺设，茶室为和式风格。三层为主卧室与屋顶大阳台，在三层楼梯的空处搭一间储藏间堆放杂物。主卧室内由卧室衣帽间和卫生间组成。卧室外的阳台采用文化石和鹅卵石斜纹铺设，材料天然质朴，营造原汁原味的自然气息。一层客厅外的眺台上方为实木骨架的阳光板雨篷，在两边交角处由实木干枝支撑，雨篷用杉木实木做成。设计师通过使用材质的天然化展现了乡村风格的真面目。

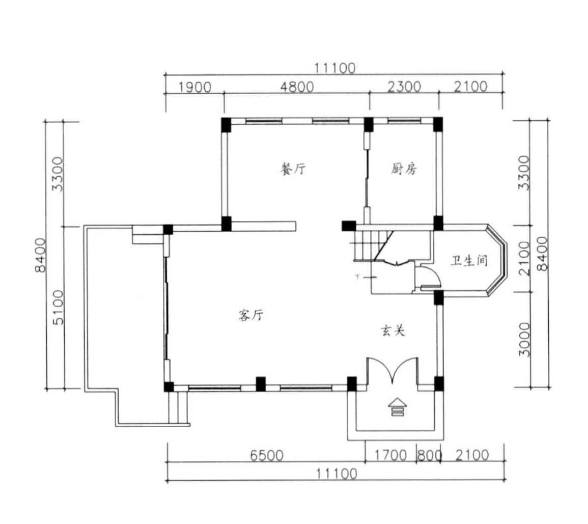

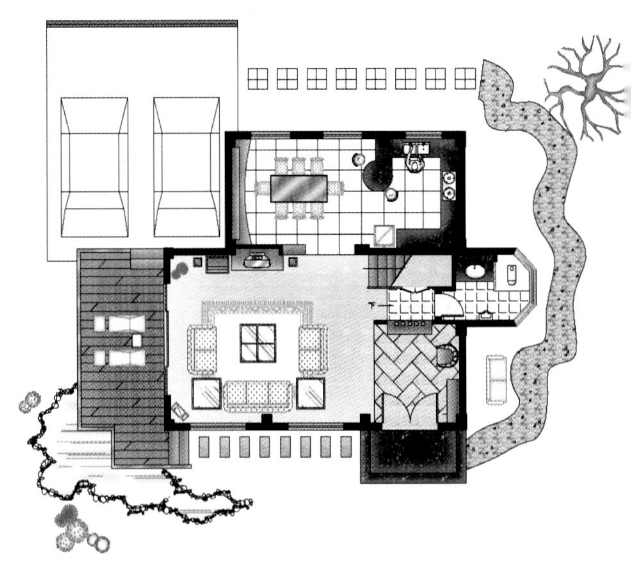

一层平面布置图

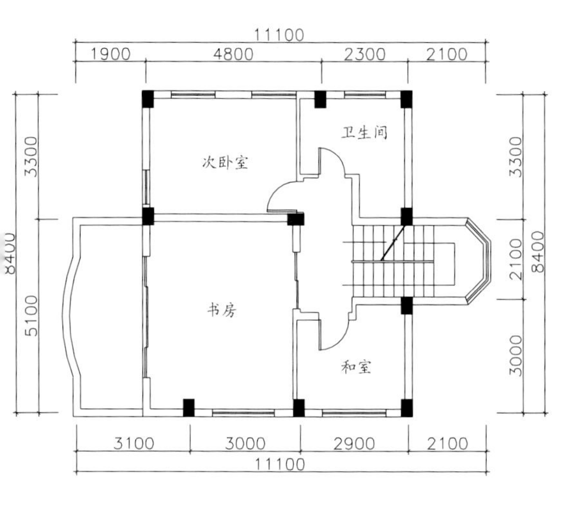

二层原平面图

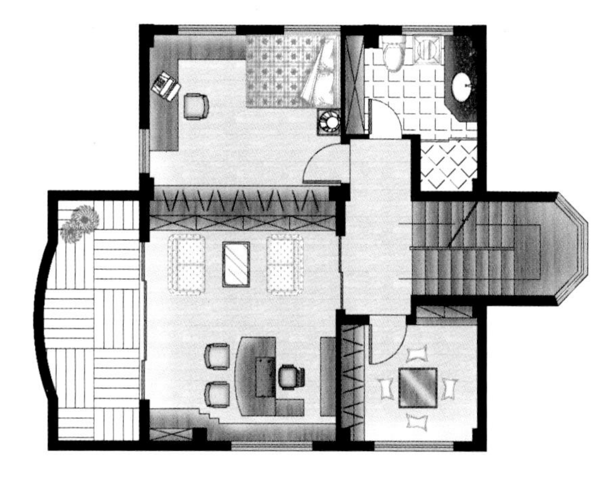

二层平面布置图

9200
4800
2300
2100
5400
8400
3000
3300
2100
卫生间
主卧室
阳台
4200
2900
2100
9200

三层原平面图

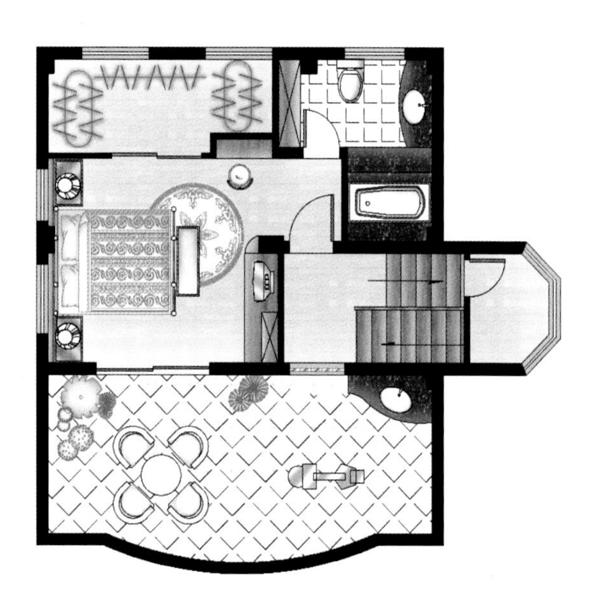

三层平面布置图

图书在版编目（CIP）数据

居室平面设计实例/陈其雄编著．—福州：福建科学技术出版社，2002.7
ISBN 7-5335-2000-9

Ⅰ．居…　Ⅱ．陈…　Ⅲ．住宅-室内装饰-平面设计-图集　Ⅳ．TU241-64

中国版本图书馆CIP数据核字（2002）第033186号

书　　名　**居室平面设计实例**
编　　著　陈其雄
出版发行　福建科学技术出版社（福州市东水路76号，邮编350001）
经　　销　各地新华书店
印　　刷　福建新华印刷厂
开　　本　787毫米×1092毫米　1/16
插　　页　2
印　　张　6
字　　数　70千字
版　　次　2002年7月第1版
印　　次　2002年7月第1次印刷
印　　数　1—5 000
书　　号　ISBN　7-5335-2000-9/TU·24
定　　价　28.00元